Va´ dove ti porta il cuore

心指引的地方

Susanna Tamaro
[意大利]苏珊娜·塔玛罗 著
储蕾 译

中国致公出版社

图书在版编目（CIP）数据

心指引的地方/（意）苏珊娜·塔玛罗著；储蕾译
. -- 北京：中国致公出版社，2020
ISBN 978-7-5145-1685-2

Ⅰ.①心… Ⅱ.①苏…②储… Ⅲ.①中篇小说－意大利－现代 Ⅳ.①I546.45

中国版本图书馆 CIP 数据核字 (2020) 第 119832 号

VA' DOVE TI PORTA IL CUORE
© 1994 Baldini & Castoldi
© 2000 Susanna Tamaro
2001 RCS Libri S.p.A
The simplified Chinese edition is published in arrangement through Niu Niu Culture.
The simplified Chinese edition copyright © 2020 by Beijing Dingwen Publishing & Media Co., Ltd.
All Rights Reserved.

著作权合同登记图字：01-2020-4969 号

心指引的地方 / [意大利]苏珊娜·塔玛罗 著　储蕾 译

出　　版	中国致公出版社 （北京市朝阳区八里庄西里 100 号住邦 2000 大厦 1 号楼西区 21 层）
发　　行	中国致公出版社（010-66121708）
邮　　编	100025
策划编辑	金　水
责任编辑	胡梦怡
特约编辑	云秋心
印　　刷	天津中印联印务有限公司
版　　次	2020 年 9 月第 1 版
印　　次	2020 年 9 月第 1 次印刷
开　　本	787mm×1092mm　1/32
印　　张	6.5
字　　数	102 千字
书　　号	ISBN 978-7-5145-1685-2
定　　价	45.00 元

（版权所有，盗版必究，举报电话：010-82259658）
（如发现印装质量问题，请寄本公司调换，电话：010-82259658）

哦，湿婆，你的现实是怎样的？
这个充满奇迹的宇宙到底是什么？
生命的种子是怎样形成的？
是谁在推动命运之轮？
如何才能超越这个形形色色的世界，看到它背后的真相？
如果才能超越时间、概念
和世上的万种名相，活出饱满的自我？
澄清我的疑问！

——摘自克什米尔湿婆派的经文

心指引的地方

奥皮奇纳，1992年11月16日

  从你离开到现在已经两个月了。两个月以来，除了一张明信片向我证明你还活着之外，再没有你的消息。今天早晨，在花园里，我久久地站在你种的玫瑰面前，尽管已是深秋时节，在众多凋零的草木之间，孤傲的她依然因为带着绛红的色泽而如此出众。还记得我们一起栽种她的情景吗？当时你才十岁，刚刚读完《小王子》，我把她送给你作为你的进步的奖赏，你被书中的故事迷住了。在所有的人物中间，你最喜欢玫瑰和狐狸；而猴面包树、蛇、飞行员以及所有那些坐在他们各自的小行星上漫游的轻浮、自负的人们，你都不喜欢。于是，一天清晨，吃早饭的时候，你说："我要一株玫瑰。"我说我们已经有很多株了，但你说："我想要一株完完全全属于我自己的，我想照顾她，看着她慢慢长大。"当然，除了玫瑰，你还想要一只狐狸，孩子特有的机敏使你在提出那个几乎不可能实现的愿望之前先说了那个简单可行的。在答应了你玫瑰这件事之后，我又怎能拒绝你要的狐狸呢？在这个问题上我们讨论了很久，最后我们商定领养一只狗。

去养狗场的前一夜，你无法入睡，每隔半小时你就会敲响一次我的房门说："我睡不着。"第二天早晨7点钟的时候，你已经洗漱完毕。你吃过早餐，早早地穿好了大衣，坐在沙发上等我。8点半的时候，我们已经站在养狗场的大门前等候了，可是门还没有开。隔着铁栅栏你向里张望，不无疑惑地说："我怎么知道哪一只是我的呢？"话里含着深深的焦虑。我抚慰你："不要担心，想想小王子是怎样收养狐狸的。"

接下来的三天，我们每天都去养狗场，那里总共有两百多只狗，而你想把它们看个够。在每个笼子前你都会停留一会儿，站在那儿一动不动，专注的神情在漠然的外表下悄然流露。几乎每一只狗都会冲着铁丝网奔过来，叫唤着，跳跃着，用爪子抓着网环，仿佛要把它连根拔起。陪同我的工作

心指引的地方

人员以为你和所有其他小女孩一样,是为了挑选一只漂亮的小狗而来,为了迎合你的心意,她总是把那些最可爱的指给你看,对你说:"瞧,那只长耳朵的小猎狗!"或者"你觉得那只'少女'怎么样?"你只是在喉咙里咕哝几声权作回答,然后继续往前走而不去理睬她的话。

第三天,我们在十字路口遇到了布克,它待在后排一个很不起眼的笼子里,而那些笼子是专门用来安置处于康复期的小狗的。当我们来到它的栅栏前的时候,它非但没有像别的小狗那样向我们飞奔而来,而且还蹲在那儿,甚至连头也没有抬一下。"那只,"你指着它惊呼,"我要那边的那只!"你还记得那个女人一脸惊讶的样子吗?她怎么也想不通你怎么会要领养这样一个丑八怪。的确,布克身量虽不高,但是在它小小的身体上却几乎集中了世界上所有狗种的遗传因子。头像狼,耳朵柔软低垂,犹如猎犬,爪子向前伸出,属于短脚猎犬的类型,尾巴像小狐狸的那样蓬起,皮毛呈黑色和枣红色,像一只德国种的小多伯曼狗①。当我们去

---

① 小多伯曼狗,属于一种古老的狗。在德国已经存在了数百年,是传统的本地德国梗后裔。

心指引的地方

办事处办理领养手续时,工作人员向我们谈起它的身世,它是初夏时节被人从一辆飞驰的汽车里扔出来的,摔到地上伤得很重,因此至今还有一条后腿悬垂着,犹如残废了一般。

布克现在就在我的身边,在我给你写信的时候,它总是不时地喘息着,用鼻尖触碰我的腿。它的耳朵和嘴如今几乎褪成了白色,曾几何时,它的眼睛里蒙上了一层只有老狗才有的忧伤。望着它,我总是默默地感动,仿佛站在我身边的是你的一部分,而且是我最珍爱的一部分。正是这部分,多年以前,在两百多只被收容的小狗中,懂得选择最丑陋和最不幸的那一只。

几个月来,当我独自怀着孤独在家里漫无目的地走来走去的时候,我们共同生活的这些年中产生的所有隔阂、不满和怨恨都逐渐消散,取而代之的,是关于孩提时代的你的回忆,那时候的你脆弱、幼稚、懵懂。现在的我是在给她写信,而不是写给那个在这些日子里变得傲慢而不可接近的人。这是玫瑰的提议。今天早晨,当我走过她的身边的时候,她对我说:"拿张纸给她写封信吧!"我知道在你临走时我们的约法三章中有互不通信这一条,我虽然不是心甘情

心指引的地方

愿地答应,却依然会遵守诺言。这些文字永远也不会飞抵美国。如果在你回来的时候我已经不在了,那么将会有它们在这里等着你。为什么我要这么说呢?因为一个月以前,我生平第一次病得如此之重。所以我现在明白了在所有可能发生的事情中,这种可能同样存在:再过七八个月之后,我也许无法再在这里为你打开门,拥抱回归的你了。不久前,一个朋友对我说,如果一个人生平没有遭受过许多病痛的折磨,那么一旦得病,病魔一定来势汹汹,这话正好应验在我的身上。一天早晨,我正在给玫瑰浇水,突然跌倒在地,晕了过去。要不是拉兹曼太太从院子隔离矮墙那边看见我,我几乎可以肯定现在的你已是孤儿了。孤儿?失去一位外祖母,人们会如此形容你吗?我不知道,或许祖父母的死被看得如此自然,以至于失去他们的人想要找一个诸如"孤女""寡妇""鳏夫"之类的专有词汇也不行。在自然的轮回中,他们被抛弃了,就仿佛在路上走着走着,我们无意之间丢弃了我们的伞。

当我在医院里醒来的时候,什么也不记得了。闭着眼睛,我有一种幻觉,仿佛脸上长出了两根胡须,长长的,细细的,就像猫的胡须一样。睁开眼睛才知道,这是两根塑料管子，它们从鼻孔里出来，垂在嘴唇上。周围只是一些陌生的机器。几天后我被转到一个普通的三人病房。一天午后，拉兹曼夫妇来探望我。

"您还活着，"拉兹曼先生说，"当时幸亏你家的狗发疯似的拼命叫唤。"

到我已经可以下床的时候，一个年轻的医生走进了我的病房，在住院期间我也曾见过他。他搬了一把椅子坐到我的床前说："由于您没有亲人赡养并为你做必要的决定，我只能直截了当地对您说了。"于是他开始说，他说的时候，与其说我在听，还不如说我在观察他。他的嘴唇很薄，你知道我从来就不喜欢薄嘴唇的人。他说我的健康状况非常糟糕，已经不适宜回家休养了。他建议我住进有专人护理的养老院，接着又提了几家养老院的名字。我想他是从我的表情上读懂了什么，因为他马上补充说："您不要把它们与传统的养老院相提并论，现在一切都改变了，有明亮的房间和可供散步的大花园。"

"医生，"于是我对他说，"您听说过因纽特人吗？"

"当然。"他一边回答，一边站了起来。

心指引的地方

"对了,您看,我想和他们一样死去。"他惘然,于是我补充道,"我宁愿脸朝下摔死在我家菜园子的南瓜丛中,也不愿面对苍白的四壁,困在床上活一年。"

他已经走到了门口,在转身离去之前冷笑着说:"很多人都这么说,但一旦真的死到临头,却又都急着来治病,吓得直哆嗦。"

三天后,我被要求签署了一张可笑的保证书,声明一旦我病重身亡,责任在我并只在我。我把它交给了一个戴着硕大的金耳环,身材十分矮小的护士之后,将我不多的一些东西装进塑料袋,然后就朝着出租车站走去。

我刚在家门口出现,布克就疯了似的围着我跑;然后为了重申它的快乐,它欢叫着踩坏了两个花盆,一时间我不忍心喝住它。当它带着沾满泥土的脏鼻子靠近我时,我才喃喃地对它说:"你看,老伙计,我们又在一起了。"然后我亲热地搔了搔它的耳背。

接下来的几天我没有做什么事,甚至什么也没做。在事故发生之后,我的左半边身体运动起来已经不像从前那样听话了,尤其是手的动作很缓慢,这让我觉得病魔占了上风。

我因而非常气恼，就偏偏要多用这半边。我在左手腕上系了一个粉红色的小蝴蝶结，这样每当我要拿东西的时候，就会记得用左手而不是右手。只要身体还能动，就不要把它当成什么不可战胜的敌人；如果你屈服于内心妥协的愿望，哪怕只有一瞬，你已经被击溃了。

不管怎么说，眼见自己的行动一天不如一天灵便，我就配了一把家里的钥匙给沃尔特太太。她常常来探望我，并顺路把我需要的东西捎来。

徘徊在庭院与花园之间，对你的思念越来越强烈，压得我喘不过气来。好几次我走到电话旁，抓起听筒想给你发个电报。但每次一听到接线员的声音，我又决定放弃这个念头。晚上坐在沙发椅上，空虚和寂寞包围着我，我问自己我该怎样做才会好一些。当然这种"好"是针对你而言的，而不是针对我。对我而言，当然希望在我离开人世的时候有你在身边。我深信，如果你得到我生病的消息，一定会中断你在美国的居留，一下子飞回我身边的。然而往后呢？试想如果我还能活上三四年，试想我坐上了轮椅，试想我患上了老年痴呆症，而你为了尽你的义务必须照顾我。你将用你的孝

心指引的地方

心来做这一切，然而随着时光的流逝，这份孝心会转变为怒气和怨恨。心存怨恨是因为岁月如流，你将就这样浪费掉你的青春，是因为我的爱像一支飞镖，不顾一切，却把你的生活带进了死胡同。于是我听见我内心的一个声音在说："不要打电话给她！"我刚想对这个声音说"你有道理"，突然，我又听到一个意见相反的声音，我问自己，当你推开家门，满心希望看到欢天喜地的布克和我，却发现家中空空如也，久无人住时，你又会怎样呢？你回来了，却发现一切都成为遗憾，世上还有什么事比这个更可怕吗？或者，某一天你在那边接到了我的死讯，你一定会认为这是一种报复，一种蔑视。瞧，最近的这些日子你对我如此粗暴，我就把不让你见我最后一面作为对你的惩罚。如果这样的话，我非但没有为你的生活置好路标，相反在你我之间划了 条鸿沟，我深信没有人能容忍这个。你想对你最亲爱的人说的话还一直藏在心里，你知道她在那儿——长眠于地下，你却再也不能望着她的眼睛拥抱她。

日子一天天地过去了，我却进退维谷，不知道该怎样决定。然而今天早晨玫瑰给了我她的建议，给她写封信，把你

心指引的地方

最后的日子以日记的形式记下来留给她,以此作为她永久的陪伴。就这样我现在才坐在厨房里,在桌上铺开你的一本旧练习本,艰难地移动着笔,就像一个小孩子吃力地写着作业。这是一份遗书吗?不完全是,更确切地说是一些在我死后仍能追随你的东西,是一些当你觉得需要我时就可以看的东西。不要怕,我并不想说教,也不想使你伤心,我只是希望用一种亲密的方式与你交谈,这种亲密曾一度维系着我们,然而最近几年我们却失去了它。活了那么多年,看着这么多人先我而去,我明白了死亡给我们的心灵负上重荷,并不是因为死者的空缺,而是因为在他们和我们之间,还有这么多话没有说,这么多事没有沟通。

你知道,我是在做外祖母的年纪接过一个当母亲的责任的,这有很多好处。对你而言,一位外祖母总是比一位奶奶更细心更和善;对我而言,我非但没有像我的同龄人一般,在日日消磨午后的纸牌游戏中变成老糊涂,相反被身不由己地拖回了生活的激流。但是生活在某些地方却断了几个环节,这种脱节,错不在你,也不在我,而在于自然的法则。

人的幼年时代与风烛残年何其相似,在这两种情况下,

心指引的地方

出于不同的原因，人都是如此的脆弱，不堪一击。前者是还没有闯入生活，后者是已经退出了生活。不论哪种理由都允许他们毫不掩饰地、公开地表露他们敏感的变化多端的情绪。只有到了青春期，我们才开始在身体四周形成看不见的重重盔甲，并随着你逐渐成年而逐渐增厚。这种增厚的过程，与珍珠形成的过程相仿，即所受的伤越深越大，盔甲就越厚。然后随着时光的流逝，就像一件衣服穿久了，在摩擦最频繁的地方开始有了磨损，连里面的纤维也看得见了。曾几何时，因为某个突然的粗暴动作，破损的地方就完全裂开了。最初你并没有察觉，你还以为你的盔甲依然完好无损地包裹着你，直到有一天，面对着一件毫无意义的事，不知为什么你发现自己孩子般地失声痛哭起来。所以当我说我们之间出现了自然的分歧的时候，我指的就是这个。当你的盔甲开始形成的时候，我的却已经破成了碎片。你不能忍受我的泪水，而我也不能容忍你突如其来的无情，尽管我已经做好思想准备。随着青春期的到来，你的性格将会改变，但当这种改变真的出现，我依然很难接受。突然之间在我面前站着一个陌生的人，而对她我竟束手无策。晚上，当我躺在床上

心指引的地方

整理思绪的时候，我也为你身上的变化感到高兴。我对自己说，任何人在青春期没有受过伤都不会成熟。但是，当又一个清晨来到，当你断然拒绝了我的帮助的时候，我又如此沮丧，真想大哭一场？一切能用来反驳你的能量已经消失殆尽。如果有一天，你也到了八十岁，你就会懂得这个年龄，感觉就像一片九月底的秋叶，日光越来越短暂，树慢慢地开始向自身要求给养。氮气、叶绿素和蛋白质从树干里被吸走，随之而去的是树叶一片又一片的凋零，望着它们凋落，别的秋叶都活在害怕起风的极度恐慌之中。对我而言，你就是我的风，我的风就是你争强好胜、充满活力的青春期，这一切，你都懂吗？我的宝贝！我们生活在同一棵树上，然而所处的季节却迥然不同。

还记得分别的那一天吗？我们彼此都是那么的烦躁不安，你不要我送你去机场，每次我提醒你带什么东西，你总是说："我去的是美国，又不是沙漠。"在门口，当我用嘶哑的声音不无怨恨地对你说"照顾好你自己"的时候，你连头也没回，只说了一句："照顾好布克和玫瑰。"作为对我的告别。

心指引的地方

你知道吗?那一刻,对这样一种告别方式我感到有些失望。对于一个多愁善感的老妇人来说,期待的或许是一些更平淡无奇的东西。比如说一个吻或者一句亲切告别的话。只有在夜晚来临的时候,当毫无睡意的我穿着晨衣在冷冷清清的屋子里徘徊的时候,我才说服自己:照顾好布克与玫瑰,意味着照顾好你依然生活在我身边的一部分——也就是你最快乐的一部分。同时我懂得了在那种命令般的冷酷无情里,有的不是淡漠,而是一个拼命忍住自己泪水的人极端绷紧的心弦。又是我先前说过的那层盔甲,它把你裹得如此之紧,使你不能呼吸,你还记得在最后相守的那几天我曾对你说过的话吗?没有流出的眼泪淤积在心头,日子久了变成心上的硬壳,随着岁月的流逝便像洗衣机齿轮上的水垢一样发脆、脱落。

我看到,我这些走不出厨房小天地的段子非但没有惹你发笑,相反使你叹息不已。记住,来自生活的灵感才是最真切的。

现在我要离开你一会儿了,布克喘息着,用一种哀求的目光望着我,即使在它的身上也可以看到自然法则的清晰印痕。每一天,它都准确地知道吃饭的时间。

心指引的地方

11月18日

昨天下了一场大雨，雨击窗棂的声音好几次把我从梦中惊醒。清晨一睁开眼睛，我便确信天气还没有转晴，于是我躲在被窝里取暖，时光改变了多少事啊！在你这个年纪，我是只睡鼠，只要没有人打扰，我可以一直睡到午饭时分。然而现在，黎明还没有到来我却已经醒了。于是日子变得无比漫长，黄昏仿佛遥遥无期，这一切很残酷，不是吗？这其中，早晨的时光是最难熬的，没有什么可以分散你的注意力，待在那儿，你明白你所能做的只有回忆。一个老人的想法是没有未来的，绝大多数是伤感，即使谈不上伤感也是凄凉的。对这个奇怪的自然法则我常常扪心自问。前一天，我在电视里看到了一部令我深思的纪录片。谈的是动物的梦境，在等级森严的动物世界中，从小鸟开始所有的动物都做

心指引的地方

梦。大山雀和鸽子会做梦,松鼠、兔子和狗也做梦,连乳牛也会躺在草坪上做梦。它们都做梦,内容却截然不同。天性是猎物的动物做的梦短暂而且充满幻想;而猛兽们的梦境要漫长和复杂得多。"对于动物而言,"解说者说,"梦境中的活动是培养生存技巧的一种方式。捕食者们精心设计陷阱以获取食物,而猎物们,它们的食物一般是面前的青草,所以它们的任务就是怎样才能跑得更快。"总之,印度羚羊在梦里看到的是开阔的热带大草原,而狮子在梦中看到的则是一个个变动的场景,这些场景包含了所有它要达到吞食印度羚的目的过程中所要做的事。于是我对自己说:也许就是如此,人年轻的时候是食肉动物,等到老了就变成食草动物了。因为人一旦变老,不仅睡眠变短了,连梦也不做了,即使做梦也留不下什么记忆。而人在童年时代或年轻的时候则多梦,而且梦甚至有着支配一个人白天情绪的力量。你还记得最近一段日子里你醒来之后常常哭泣的事吗?面对着咖啡杯,你的泪水总是沿着双颊无声地流下。"怎么哭了?"我问你,而你总是充满沮丧,不无恼怒地回答:"我不知道。"在你这个年纪,有很多事需要在心里权衡摆平,有许多计划要实施,而在这些计划里又有许多不安全因素。下意识中既没有秩序,也没有清晰的逻辑,混杂了心灵深处的渴望与白天残余的思想一起膨胀、变形,在渴望中间又掺入身体的需要。于是,感到饿了就梦见坐在桌前却不能吃,感到冷了就梦见衣着单薄地站在北极,如果是个粗野的人就梦见变成了嗜血的武士。

在仙人球和西部牛仔之间的你正做着怎样的梦呢?我想知道。也许在你的梦中时不时地会出现穿着鲜红服装的我吧?也许在你的梦中,布克会变成一只丛林狼吧?你想家吗?你想念我们吗?

你知道吗?昨晚当我坐在沙发里夜读的时候,突然听见房间里有一种节奏明快的声音。我抬起头,看见睡梦中的布克正用尾巴敲打着地面,它一脸幸福的表情使我确信它是梦见你了。也许是你刚刚回家,它正在欢迎你,或者回忆起你们一起做过的某次特别愉快的散步。狗和人的感情是相通的,尤其是经过长期的共同生活,我们的情感变得几乎没有什么不同。由于这个原因许多人讨厌狗,因为人们在它们温柔、胆怯的眼光里看到了太多的自己,太多的自己想回避的东西。布克近来常常梦见你,而我却不能,也许,即使我做了这样的梦也记不住。

在我小时候,家里曾寄居过一位父亲的新寡的姐妹,她热衷于招魂术,只要我的父母不注意,她就把我拉到某个幽暗的角落,给我讲起人的非凡的精神力量。"如果你想和远方的一个人联系,"她对我说,"你应该手里拿一张他的照片,走三步画一个十字,然后说,我在这儿。"据她说,用这种方式,就能和想念的人产生心灵感应。

今天下午,在开始给你写信之前,我确实这样做了。大概是5点钟,你那儿该是上午吧,你看见我,感觉到我了吗?我看见你在一家卖热狗的酒吧里,房间里灯火通明,四壁贴着瓷砖,我一眼就从五颜六色的人群里把你认了出来,这是因为你穿着我最近织给你的毛衣,那件有红色和蓝色鹿纹图案的毛衣。幻影是如此之短暂,就像一个电视镜头一样。我甚至没有时间看清你的眼神。你快乐吗?这是我最在乎的事情。

你还记得为了要我资助你去美国读书我们谈了多少回吗?你说这对你而言是绝对有必要的,你要长见识、开眼界，你要离开这个多年来令你窒息的地方。你才念完高中，对于未来完全是在黑暗中摸索。小时候，你也有很多梦想，你想做一名兽医，做一名探险家，一位专给贫困的孩子看病的医生，而这些愿望如今已是影踪全无了。童年时代表现出的与同龄人相仿的开朗活泼，随着时光的流逝变成了一种自闭。往日胸怀博爱、渴望和睦的你在很短的时间里变成一个愤世嫉俗、性情孤僻的人，老是摆脱不了自己不幸身世的阴影。如果在电视里偶然看到一些特别残酷的镜头，你会毫不犹豫地讥笑我流露出的同情与不平。你说："到了你这个年纪还这样容易激动吗？难道你还没有懂得主宰世界的自然淘汰规律吗？"

最初几次看到你这样，我惊讶得几乎喘不过气来，我觉得身边站着的仿佛是个怪物；用眼角的余光观察你，我自问，如果你所做的一切是以我为榜样，那么我又曾几何时流露过这样的思想呢？我对你没有做任何回答，但我意识到你我之间彼此交心的时代已经一去不返了，我说的任何话只能是冲突的导火线。一方面我担心自己脆弱的神经，害怕无端消耗精力；另一方面，我的直觉告诉我，公开的冲突正是你所要的东西，有了第一次就有第二次，越来越频繁，越来越激烈。在你的话里，我窥见一种能量的迸发，这是一种自负的、目空一切的力量，即将爆发却被努力克制着；我的缓和矛盾、装作对你的攻击超然置之的做法逼着你寻找别的发泄途径。

于是你用出走，用从我的生活中无声无息地消失来威胁我。你所期望的是一个老妇人的绝望，等待的是她卑躬屈膝的乞求。当我对你说离开是个好主意的时候，你又动摇了，就像一条蛇突然抬起头，张口吞芯准备进攻时，冷不防发现它的目标竟向它袭击起来。于是你开始谈条件，提建议，你不断改变主意，对什么都举棋不定，直到有一天，你重新打定主意，于是在早餐桌上，你向我宣布："我要去美国。"

我像听取别的决定一样饶有兴趣地接受了它，但我不愿意因为我的一味赞同而促使你在没有深思熟虑之前就仓促做出选择。接下来的几个星期，你不停地对我讲去美国的计划。"如果我在那儿待上一年，"你痴迷地说，"至少可以学会一门语言，决不会浪费时间。"当我告诉你浪费时间并没有什么了不起的时候，我把你大大地激怒了。不过最让你愤怒的是我对你说，生活不是一场赛跑，而是练习打靶：节约时间不是最重要的，重要的是找到一个中心。当时桌上有两个杯子，你一下把它们全打飞了，坐下来之后你开始痛哭。"你愚昧，"你说，同时用双手掩住了脸，"你蠢，你不明白那正是我所要的吗？"接下来，有好几个星期，我们就像两个士兵在某个地方埋下了地雷之后，时时提防着不要踩到它。我们都知道它在哪儿，它是什么，我们都远远避开它，却装着仿佛使我们提心吊胆的是另有其物。当它终于爆炸之后，你抽泣着对我说："你什么也不懂，你永远也不会懂。"而我要费尽全身的力量才能克制住自己，不使你察觉我的心中已溃不成军。你的母亲，她怀你时的状态，她的死，关于所有这些事我从未向你提过，而我的沉默使你认为这一切对我来说仿佛不存在，或者并不重要，然而你的母亲是我的女儿，对这点也许你从未意识到，或者你意识到了，但是你把它埋在心里，否则的话我无法解释你的一些怀着怨恨的目光与言辞。对于你的母亲，除了她的容貌之外，你大概没有什么别的记忆了：因为她死的时候你还那么小。而在我的记忆中却保存了整整三十三年的记忆，三十三年零几个月来，我从来没有忘记过她在我怀里的情景。

你怎么能认为我对这件事能熟视无睹呢？

当我直面第一个问题的时候，的确感到了羞耻，也很大程度上看到了自己的自私。羞耻是因为如果要谈论她，就不可避免地要谈论我以及我的行为，对她的死应该负有的直接或间接的责任；自私是因为我一度希望我无私的爱心可以弥补她的死在你的心灵上留下的空缺，可以使你忘记她，不再问我："谁是我的妈妈，她怎么会死的呢？"

在你小时候，我们是幸福的。你是一个快乐的孩子，而你的快乐表面上看不到一点不正常迹象。你的不快乐总是隐藏在心灵深处，刚才还在爽朗大笑的你会突然沉默不语。"怎么了，你在想什么？"于是我问你。而你就像谈及午后的小点心一样平淡地回答："我在想，天有没有边际呢？"我为你感到骄傲，因为你身上有我的善感与敏锐，我并没有因为自己的年龄与阅历而把你看成一个无知的孩子，我的心中感到一种柔和的亲密契合。我这样蒙骗着自己，希望能骗自己一生一世。遗憾的是，这样的生活就像阳光下的七彩肥皂泡，在空中不能幸福地飘舞多久。我们出生的时间有先有后，而这种先后就像一张无形的网笼罩着我们的命运。人们常说父债子偿，这话是极有道理的。父亲的罪过会降临到儿子身上，祖父母的罪过会累及孙子辈，而曾祖父母的罪过则会影响到曾孙一辈。有的真理给人以解脱，而有的却令人害怕。这一条属于后者。这条冤冤相报的锁链什么时候才会断呢？像该隐①那样吗？难道一切都真的要延续如此之久吗？这后面有什么东西在主宰着它们呢？有一次我在一本印第安的书籍中看到这样一种说法，它说"事实主宰着一切"，一切主观努力都只是一种托词罢了。读完后，我的内心一下子平静下来。然而几天后，我又发现在后几页的书里，赫然写着：这种事实不是别的，而是你往日举止的结果，是我们用自己的双手铸造的我们的未来。这样我又回到了最初的困惑不安中，这一切当中，哪一点才是头绪呢？我自问，循着哪条线才能理清这团乱麻呢？这是一团乱麻呢还是一条环环相扣的锁链？它能被剪开、切断还是将永远笼罩着我们的命运？

---

① 该隐，《圣经·旧约》中亚当和夏娃的长子，因忌妒杀死其弟亚伯。

不管怎样,我要把它剪开。我的头脑已经大不如前了,当然敏捷的思维是存在的,改变的不是思维方式而是持续用脑的精力。我现在累了,头晕目眩,就像小时候试着读懂一本哲学专著一样:存在,不存在,内在性……只消看几页,我就体验到了坐着公共汽车在盘山公路上行驶的晕眩感。现在我要离开你一会儿了,我要到客厅去,坐在那个令我又爱又恨的小盒子面前散散心。

心指引的地方

11月20日

这是我第三天坐在这里与你促膝谈心了,或者说得更确切一些,是第三次,不过在第四天。昨天我感觉身体如此虚弱,以至于既不能读书也不能写字。心头笼罩着一层不安,惘然不知所措的我,漫无目的地徘徊在房子与花园之间。天气很暖和,在一天中最热的时候,我就在连翘边上的长凳上坐一会儿。我周围的草坪、花坛一片狼藉,望着它们,我回想起我们之间那场由落叶而引发的争吵。什么时候的事了?去年?还是两年前?当时我得了气管炎,病迟迟不愈。在那个季节,一地的枯草上已铺满了纷纷落叶,一阵风吹过,便零零落落地飘得到处都是。从窗口向外一望,我不由得感到一种深深的忧伤,天色是暗淡的,外面的世界充满了凄凉、颓败。我走进你的房间,你正躺在床上,戴着耳机,我求你

心指引的地方

去收拾一下落叶。起先你没有听见,所以我不得不一次又一次地提高声音重复着这个要求,最后你耸耸肩说:"你为什么要去收拾它们呢?在自然界里没有人会去收拾它们,就让它们这样自生自灭,不是也很好吗?"那段时间自然是你忠实的盟友,你以它的坚不可摧的法则衡量一切事物。我没有反驳你说一个花园是一个家庭化了的自然,就像一只野狗经过一段与人的共同生活的时光会愈来愈像他的主人一样,花园也需要主人精心的照料,但我什么也没有多说就回到了客厅里。不久,当你去厨房的冰箱里取一些吃的东西并从我面前经过时,你看见我在流泪,但你并没有很在意,只等到晚饭的时间,你从房间里探出头来,大声地问我晚饭吃什么的时候,你才意识到我一直在哭。于是你进了厨房,忙着生炉子点火,一边大声问:"你想吃什么?一个巧克力布丁还是煎鸡蛋?"你意识到我的痛苦不是伪装的,你试着表现得乖巧一些,以便能让我高兴起来。

第二天早晨,我打开百叶窗,一眼就看见你站在草坪上,外面下着大雨,你穿着一件鲜亮的黄雨衣正在清扫落叶。将近9点的时候,你回到屋里,我装作什么也没发生一样。因为我明白，在所有的事物里，你最讨厌你自己内心深处能促使你流露出温柔、慈爱的感情。

今天早晨，望着园子里的花坛，我的心里充满了悲凉，该是让人把那些在我病中和病后常常绊倒我的坑坑洼洼填平的时候了。我想，我一出院就有了这个想法，却一直没有下决心去做。随着岁月的流逝，我心里对花园产生了一种莫可名状的怜惜，仅仅为了给大丽菊浇水，从枝条上摘去一片黄叶，我就可以不惜一切。这看来很奇怪，因为年轻的时候我非常讨厌料理花园。拥有一个花园，与其说是一项令人羡慕的特权，还不如说是个包袱。事实上只要一两天不去照看它，在你辛辛苦苦才获得的井井有条之中就会又添上一片零乱，而零乱比什么都让我厌烦。那时候，我的内心是紊乱的，这使我难以忍受从外界看到内心的写照。我想，当我要你清扫落叶的时候也许正是回忆起了这些东西。

许多东西只有到了一定的年纪才会被理解，这其中有你和你的家，以及所有留存于你的内心，存在于你周围的事物之间的关系。到了六十岁、七十岁，你猛然懂得这个园子、这个家不再是任何一个仅仅因为舒适或者美观，或是出于偶

心指引的地方

然才居住的地方，它是你的园子，是你的家，它属于你就像贝壳属于住在里面的软体动物。你用你分泌的物质筑就了你的贝壳，每一个旋纹里装载的都是你的故事，你的蜗居包裹着你，它无所不在，甚至注视着你的死亡、自由、存在，和你内心默默感受着的愉悦与折磨。

昨天晚上我不想看书，所以就打开了电视。说真的，与其说在看，还不如说在听，因为才半个小时我就昏昏欲睡了。电视里的谈话断断续续地传到耳中，那感觉就像我们乘着火车旅行，游移在半梦半醒之中，其他旅客的谈话时断时续地传来，意思难辨。电视里正播着一个关于一千年来的秘密团体的新闻调查，被采访的有各式各样或真或假的修行者，在他们的谈话中"因果报应"这个词不止一次地传入我的耳中，而我的脑海里一下子就浮现出中学时代哲学老师的脸。

当时他还很年轻，相当愤世嫉俗。在给我们解释叔本华[①]的时候，他也给我们谈到一些东方的哲学，那时就引

[①] 叔本华（1788-1860），德国哲学家，唯意志论者。

心指引的地方

入了"因果报应"一词的概念。当时我也没有很专心听讲,这个词以及它所表达的意义我一个耳进一个耳出。多年以来,在我的内心深处觉得或许这就是一种同等报复的法则,相当于以牙还牙,以眼还眼,或者善有善报,恶有恶报的东西。只是在幼儿园的女院长叫我去谈论你的一些反常举止的时候,因果报应这个词以及和它维系在一起的一些东西才重新浮现在我的脑海之中。你使整个幼儿园的人们都陷于不安之中,说得明白一些,就是在自由讲故事的时间里,你开始讲你前世的事情。老师们原先以为这只不过是一种孩子的怪癖,她们试着使你的故事显得不可信,希望你陷入自相矛盾之中。然而你却丝毫没有给她们这种机会。你甚至说出了一种无人能懂的语言。当这样的事发生到第三次的时候,我被院长召去谈话,为了你和你的将来,她们建议我把你送到某位心理医生那儿去诊治。她说:"经受了这样的心理创伤之后,一个人做出这样的举动是情有可原的,试着逃避生活也是很自然的事。"当然我从没有带你去看心理医生。我觉得你是个快乐的孩子,我更愿意将你的这些行为归咎于你的想象力。事情发生之后,我从没有逼着你对我讲什么,而你怀着孩子特有的表现欲，也没有感到有告诉我的必要。也许在你对着那些被你惊呆的老师们讲述完故事的当天你就把它们都忘了。

我觉得近几年来谈论这种事仿佛变得越来越时髦了，起先这只不过是少数知识渊博的人的话题，而现在所有的人都在谈论它。不久前在报纸上我读到在美国甚至有一些关于投胎转世的自发团体，人们聚在一起谈论他们的前世。于是一个家庭主妇说："在19世纪的新奥尔良，我曾是一个街头妓女，因为这个缘故我现在不能忠于我的丈夫。"同样一个身为种族主义者的汽车加油站工人为他的种族主义偏见找到了理由，他说他的仇恨源于在16世纪的一次探险中巴图族①人曾经吞食人。这种愚蠢是多么令人悲哀。在丢失了自身的文化根基之后，竟试图以前世来填补现实生活中的阴暗面。我深信，如果生命轮回真有其存在的意义的话，它的意义也是截然不同的。

自从幼儿园的事发生之后，我设法搞到了一些书，我觉

---

① 巴图族，非洲的一个原始的少数民族。

心指引的地方

得为了更好地了解你的思想，我必须多懂得一些东西。正是在这些哲人的书里写着，那些清清楚楚地记得自己前世的孩子往往是那些暴死或夭亡者转世投胎而来。这不禁让我联想到，孩提时代缠绕在你心头的对光的莫名恐惧，煤气灶一旦点燃，你就害怕它随时会爆炸，这些记忆都使我趋向于相信这种解释。当你劳累、焦虑或者失眠的时候，你会莫名其妙地陷入恐惧之中。使你惊吓的不是蒙面的黑衣男子、女巫或者丑陋的狼人，而是一种突如其来的恐惧，仿佛感到一个穿透宇宙的爆炸。最初好几次，当你在半夜三更被惊吓得魂飞魄散地来到我的房间里的时候，我总是起来用温和的言语宽慰你，然后陪你回到你的房间去。在那儿，你躺在床上拉着我的手要求我给你讲述一些结局圆满的故事。为了避免我讲出一些令你不安的情节，你总是事先原原本本地把故事的梗概描述给我听，而我所做的不过是顺从你的意思重复你的故事罢了。我把故事讲上两三遍，确信你已经恢复平静之后，我才起身回房。走到门口时，你虚弱的声音传来："结局会是这样吗？"你问，"真的总是这样？"于是我又重新回到你的床边，一边吻着你的额头，一边说："这是唯一的结局,宝贝,我向你保证。"

而有些夜晚,尽管我一向不赞成你和我睡(因为老人和孩子一起睡不好),我却不敢再把你送回你的房间。一感觉你靠近我的床头,我就不动声色地向你保证:"一切都很好,什么也没有爆炸,回你的房间去吧!"然后我就装着一下子就倒头睡熟了。我听见你一动不动地站在那儿,有一会儿轻微喘息的声音,然后床板吱吱嘎嘎地一阵轻响,你小心翼翼地爬到我的身边,就像一只受了惊的小老鼠,费尽周折终于回到温暖的窝里,精疲力竭地睡着了。黎明的时候,为了不让你回忆起什么,我轻柔地把你抱回你的房间,让你在自己的房里继续你的睡眠。醒来的时候,你很难会记得什么,几乎每一次都相信整个晚上都是在自己房间里度过的。

如果这些恐慌出现在白天,我会温柔地宽慰你。你没看见我们的房屋是多么牢固吗?我说:"你看这墙有多厚,怎么可能爆炸呢?"然而一切想使你宽慰的努力都徒劳无功,你仍然瞪着眼睛喃喃地重复道:"什么都会爆炸。"我总是不断地问自己该怎么解释你这种恐慌。这爆炸象征着什么呢?是你的母亲暴死悲剧的记忆还是你在幼儿园里用令人惊惶的语言向你的老师讲述的前世故事？或者这两件事在你的记忆深处已经混合起来？谁知道呢？不管怎么说我深信在你的思想深处还有着很多未知的东西。尽管在那次我买的书中也写着，在东方国家，这种能回忆起前世的孩子更为常见，因为在这些国家里，"转世投胎"的概念被当作传统而普遍接受。我却不以为然。我想，如果某一天我出其不意地跑到我的母亲跟前，用另一种语言开始说话，或者对她说："我不能忍受你，我和我前世的那位母亲的关系要融洽得多。"可以断言，不到一天我就会被关进疯人院。

是否存在一线生机能使你摆脱原先的生存环境施加给你的命运呢？是否能使你逃离你的祖辈传给你的血光之灾呢？谁知道呢？或许在代代相传的恐怖事件中，某一个时刻，某一个人能隐约看见一线生机，并想努力抓住它；断开锁链中的一个环节，把新鲜空气放进房间，我相信，这些微不足道的事情，正是生命轮回的秘密。微不足道，却要历尽艰辛，求索的路上，人们也因为犹疑重重而惴惴不安。

我的母亲，十六岁出嫁，十七岁便生下我。我的整个童年甚至整个一生都没有看见过她一点爱的表示。她的婚姻并

心指引的地方

不是爱情的结果,没有人逼她,是她自己逼自己,因为作为一个已经皈依基督教的富有的犹太女子,她最大的梦想就是获得一个贵族的头衔。我的父亲比她年长,是一位男爵和音乐狂,痴迷于自己的歌唱天赋。在为了维护良好的名誉而完成了生育继承人的任务之后,他们至死都一直生活在作对与相互报复之中。我的母亲至死都对现实不满,甚至耿耿于怀,却从没有闪过一丝怀疑,告诉自己可能错的是她。她认为是那个残酷的世道没有给她更好的选择。我和她截然不同,七岁那年,刚度过依赖于母亲的幼年期,我就开始不能容忍她。

我因为她而饱受折磨,她总是焦躁不安而且把一切都归咎于外因。她自以为是的"完美无缺",使我感到自己惹人讨厌,而孤独就是我为自己不讨人喜欢而付出的代价。起初我也试着仿效她的样子,然而这些稚拙的尝试却总是以失败告终。我越努力就越感到局促不安,自我背离导致了自我蔑视,而从蔑视到恼怒仅几步之遥。当我懂得母亲对我的爱只是停留在表面的东西,她注重的只是我应该是怎样的而不是我本来是怎样的时候,在我的内心深处,在房间里最隐蔽的

心指引的地方

地方,我便开始暗暗地恨她。

  为了逃避这种感情,我把我的小天地作为避难所。晚上用破布遮住灯光后,我会阅读一些探险的书,直到深夜。我非常喜欢幻想,有一阵我幻想着当一名海盗,在遥远的太平洋上抢劫,不过我是一名十分与众不同的海盗,因为我抢劫不是为了我自己,而是为了把财物分给穷人。不久,这些海盗式的幻想过渡到了一些博爱的想象,我梦想着在大学医疗系毕业后去非洲为那些黑人孩子治病,十四岁的时候我读了谢里曼①的传记,读着读着我便明白我再也不可能去给人治病了,因为我唯一真正热爱的是考古。在所有不计其数的我想象着要从事的事业中,我相信这才是我真正的需要。

  而事实上,为了实现这一梦想,在我和我的父亲之间爆发了第一场也是唯一一场战争:那就是报读文科中学之争。他连我说什么都不愿听,他说那一点用也没有,他说如果我真的想学,还不如学语言,不过最后我胜利了。在我跨进学

---

① 谢里曼(1822-1890),德国考古学家。1871至1882年间三度发掘特洛伊古城(今土耳其的希沙立克),获大批古物珍品。

心指引的地方

校大门的那一刻,我毫不怀疑我已经赢了,然而我这不过是自欺欺人罢了。在我将要结束高年级学业的时候,我告诉他我想去罗马念大学,他断然否决说:"你根本不用提。"而我仿佛已经习惯了,一声也没吭就屈服了。不要以为赢了一场战役就意味着赢了整个战争,这是年轻的错觉。重新想一想,如果当时我不屈服而是继续斗争,或许最终我父亲会屈服的。他那时无条件的拒绝也是当时教育体系造成的。在内心深处,他们不信年轻人有能力决定自己的未来。当年轻人表现出违背传统的愿望时,他们做长辈的就试着考验他们。当他们看到我刚刚遇到一点挫折就低头屈服,这一事实对他们而言是再明显不过的证据,证明这并不是我深思熟虑的真实志愿,而只不过是最不成熟的想法而已。

我的父亲和我的母亲同样认为,孩子首先只不过是一种世俗的责任。一方面他们忽视我们内心的成长,一方面他们用极端严厉的方式迫使我们接受最枯燥的教育,我必须笔挺地坐在桌前,双肘靠近身体,即便他们知道在这样做的时候,我想的是用哪种方式寻死才会更舒服,他们也不会在乎。表面文章便是一切,不管它背后藏着多少不体面的东西。

心指引的地方

我就这样慢慢地长大，怀着一种感觉，仿佛自己等同于一只被驯养得很乖巧的猴子，而不是一个人——一个有喜怒哀乐，需要被爱的人。这种长期的束缚使我在很小的时候内心便产生了一种很深的寂寞，随着岁月的流逝，这种寂寞变得无所不在，它就像一种气体，而我做着潜水员一般缓慢夸张的动作在里面浮游。孤独同样也产生一些问题，一些我给自己提出的又不知道该如何回答的问题。才四五岁的时候我就问自己："为什么我会在这里呢？我从哪里来？我所看到的周围的一切又都从哪里来的呢？即使在我不存在的时候，它们也都在这里吗？它们将永远存在吗？"我向自己提出所有敏感的孩子第一次面对纷繁复杂的世界时都会提出的问题。我曾以为如果问大人，他们一定能够解答这些问题，而事实上，当我在我的母亲和保姆身上尝试着提了几个问题之后，我就凭直觉知道她们非但不能回答，而且甚至从来没有提出过这样的问题。

就这样，孤独的感觉慢慢地滋生，我被迫靠自己的力量解决心中的疑团，长得越大，我询问自己的问题也越多，越来越严重，有的只要想一想就令人心悸。

心指引的地方

第一次与死亡打照面是我将近六岁的时候,我的父亲有一条猎犬名叫爱果,它性情温和、柔顺、善解人意,是我最好的玩伴。我会花整个下午喂它泥浆和青草合成的稀糊,或者迫使它当我的理发店的客人,而它则带着满头的U字形发卡顺从地在花园里晃悠。但是有一天,正当我给它做一种新发型的时候,我发现它的脖子下有一个肿块,这才意识到已经有好几个星期它都不像从前那样蹦蹦跳跳了,我躲在一边吃点心的时候,它也不像从前那样凑过来,充满渴望地喘息了。

一天早上从学校回来的时候,我没有看见它在栅栏口等我回家,起先我以为它跟随我父亲去了某个地方。但是当我看到我的父亲正悠闲地在书房里看书,而爱果却不在他的脚边时,我的心中产生了一种深深的不安。我出门,在花园里扯着嗓子喊它,又回来前前后后把屋子找了好几遍。晚上,到了象征性地给父母一个吻和道晚安的时候,我鼓起勇气问父亲:"爱果在哪儿?""爱果?"他回答说,眼睛甚至没有离开过他的报纸,"它走了。""为什么?"我问。

"因为它讨厌你招惹它。"

心指引的地方

是粗俗、肤浅，还是残忍？在这个回答中到底有什么？就在我听见这些话的瞬间，我的心中有一些东西崩溃了。晚上我开始失眠，而白天只要发生一点小事就足以使我哭泣。过了一两个月，医生被召来了。"这孩子太疲乏了。"医生说。于是给我开了些鱼肝油。至于我为什么失眠，为什么我总是拿着爱果玩坏的小球转来转去，却无人问津。

正是在那个时期我开始成熟了。六岁？是的，正是在六岁。爱果走了，因为我是个坏孩子，我的行为影响着我周围的东西，迫使它们消失，破坏它们。

从此以后我的行为都保持中立，不再有任何锋芒。因为害怕再犯什么错，我把能避免加入的事都避免了。我变得淡漠、迟疑。晚上我握着那个小球边哭边说："爱果，求你回来，即使我做错了，我喜欢你胜过任何人！"当我的父亲重新带回一只小狗时，我甚至没有多看它一眼，因为它与我毫不相干，而我也必须保持这种局外人的态度。

人们在对孩子的教育中充满了伪善。我清清楚楚地记得，有一次，当我和父亲一起在一条篱笆边散步的时候，看见一只晒干的朱顶雀，我一点也不害怕，把它拿在手里给

心指引的地方

父亲看。"放下它,"他马上叫道,"你没看见它睡着了吗?"死亡就像爱一样是言语的禁区,如果告诉我爱果死了,结果不是要好上千倍吗?我理想中的父亲原可以把我拥入怀中告诉我:"我杀了它,因为它病了,受着太多的折磨,它现在待的地方要快乐得多。"我当然会哭得更伤心、更绝望,接连几个月我都会去它葬身的地方探望它,会隔着泥土对它说很多很多话。然后我会慢慢地、慢慢地开始忘记它,别的新鲜的东西会吸引我,我也会有新的可以倾注热情的地方,而爱果将会滑落到牵念的末梢,成为一段回忆,一段童年时代的美好的回忆。然而以现在这种方式告诉我爱果的死,它将成为我心中郁结的一个死结。

因此我说六岁那年我已经长大了,因为在原本快乐的地方郁结了焦虑,原本天真好奇的地方郁结了冷漠。我的父母是恶魔吗?不,绝对不是,在那时候他们这样的人是很普遍的。

直到年纪大了,我的母亲才给我讲述一些她童年的故事。她的母亲在她还是孩子的时候就去世了,在她之前原有一个男孩,不幸在三岁那年被肺炎夺去了生命,她的哥哥染

心指引的地方

病不久，母亲就怀了她，不幸的是等到她出世一看，婴儿不仅是个女孩，而且生在她哥哥夭亡的那一天。为了纪念这种不幸的巧合，母亲从她还是个吃奶的孩子起就让她穿丧服，在她的摇篮上方挂着她哥哥的大幅油画肖像，以此来提醒她，一睁开眼就要想到自己仅仅是一个替代品，是某一更优秀者的平淡无奈的复制品。你懂吗？也许这可以解释她的冷漠，她的一些错误的选择，她的离群索居。即使是猴子，如果在一个死气沉沉的实验室中而不是真正的母亲身边长大，过了一段时间也会悲伤地死去。如果我们往前追溯，去看看她的母亲，她母亲的母亲，谁知道我们还会发现什么。

自古红颜多薄命，就像某种奇怪的遗传因子，通过母亲传给女儿，代代相传。非但没有减轻的趋势，相反变得越来越根深蒂固。对于男人来说，生活要不同得多，他们有工作、政治、战争；他们的能量可以释放、爆发。我们却不能，一代又一代，我们的世界就是卧室、厨房、卫生间；我们走了成千上万步路，做了无数件事，却堆积着同样的怨恨，容忍着同样的不幸。我变成女权主义者了吗？不要害怕，我只是尝试着看清楚在这些现象后面的东西。

心指引的地方

你还记得八月节①的晚上我们一起爬上山头观赏海上焰火的情景吗？在所有的焰火中，时不时有一朵闪了一下就熄灭而升不上天的火花。就这样，当我想到我的母亲，我母亲的母亲的一生，当我想起很多我认识的人的时候，我的脑海中浮现的正是这样一幅景象——沉没在海中的绽放着的焰火。

---

① 八月节，即圣母升天节，天主教、东正教节日。为纪念传说中的"圣母荣召升天"，天主教在公历8月15日举行。

11月21日

从某本书上我读到《约婚夫妇》的作者曼佐尼的事情，他在写作期间，每天清晨醒来，都因为要与他书中的主人公重逢而满怀喜悦。而我的感受却迥然不同，虽然这么多年过去了，我却仍然不愿谈起我的家庭。在我的记忆中，母亲是麻木不仁、充满敌意的，就像被敌人派来接近我的亲信。今天早晨，为了在我和母亲及我的记忆之间找到一些充当润滑剂的东西，我去花园散步。前天晚上下了一场雨，西边的一片天空已经放晴了，而靠屋后方的天上还积着乌云，在倾盆大雨开始之前我回到了屋里。不久，一场暴雨便从天而降，屋里变得很暗，我只能把电灯打开，我拔掉了电视和冰箱的插头以免遭雷击破坏，然后我把一只手放进口袋里，来到前厅，开始履行我每天给你写信的职责。

心指引的地方

刚坐下我就觉得自己没有进入状态,或许是因为空气中有许多雷击的影子,我的思绪也像火花一样四处闪烁。于是我站起来由布克护卫着在家里毫无目的地来回走动,我走进你外祖父曾经住的房间,然后是我现在的房间,这个房间一度曾是你母亲的,接着来到弃置已久的餐厅,最后是你的房间。穿过一个又一个房间的时候,我第一次跨进这所房子的情景历历在目,那时候我一点也不喜欢它。但它不是我选择的,我的丈夫奥古斯托选择了它,但即使对于他而言,也是一个匆忙的决定。当时我们正需要一个地方住而且没有时间去选择别的房子。这所房子挺宽敞,又有花园,他发现了它,而它又恰恰满足我们所有的需要。在我们推开铁栅栏的一瞬我就觉得它格调不高,简直是差极了,在颜色和外形方面,没有一样是和谐统一的。从一边看仿佛是瑞士的山间小屋,另一边的中央舷窗和梯形屋顶却又像运河边的荷兰式建筑。远远望去,它的七个形状各异的烟囱会使你相信,这样的房屋只应在童话里找到。这是幢20年代的建筑,却没有一个细节可以表现出它的时代特征。我总是因为它的来历不明而不安,我花了很多年的时间使自己相信,我的家庭的命运和它的四壁之间或许存在着某种因果。

就在我待在你房间里的时候，一道闪电劈来，屋里的灯掉了下来。我没有打开手电筒，而是躺到了床上。屋外狂风呼啸，暴雨倾盆，屋内家具的吱嘎声、轻微的水溅声和干木的崩裂声此起彼伏。一闭上眼睛，家就变成一艘船，一艘巨大的帆船在草坪上航行。将近午饭的时候，暴风雨才平息，从你房间的窗户里我看见那棵胡桃木断了两根树枝。

现在我又重新回到厨房，在我的战场上，我吃过饭，洗了几个弄脏的盘子。布克躺在我的脚边，因为早晨受了暴风雨的惊吓，它今天的午睡比往日要长。时光越是流逝，暴风雨给它的惊吓就越大，每天它都需要更多的时间来恢复原来的精神。

某一天，在你上幼儿园时我买的那些书里，我发现有一本中这样写道，一个人出生在怎样的家庭是由生命轮回决定的。如果我拥有这样一位父亲，或这样一位母亲，通过研究为什么我会拥有这样的父母，我们可以懂得更多，从而使我们向前迈进。但是如果是这样，为什么几代以来我们生命的脚步都留驻在原地，非但没有前进相反还倒退了呢？

心指引的地方

最近在一张报纸的副刊上，我读到进化论并不像我们相信的那样是循序渐进的，最新的理论说明变化并不是逐渐发生的。动物的爪子变长了，鸟嘴的形状也变了，以适应获得某一物质资源的需要。这种变化并不是慢慢地，一毫米一毫米地，一代又一代地形成的，相反，改变只在一夜之间。从母亲到儿子，一切都变了，为了说明这个理论的有效性，有一些骨骼：下颌骨、颅骨和蹄的化石为凭证。许多物种都找不到变化中间的过渡类型。祖父是这样，孙子却是那样，在一代与另一代之间存在的是一个飞跃。如果真是这样，那么对于人类来说是不是也是这样呢？

在不知不觉中变化，慢慢地积聚起来，到一定程度就爆发。瞬息间一个人打碎了束缚他的枷锁，变成了另一个人。命运、遗传、教育从哪里开始，又到哪里结束？只要你梢梢停下来想一想，你就会为其中所包含的一团神秘而惊惶不已。

在我结婚前不久，我父亲的姐姐——那位精灵的朋友，曾请她一位懂得占星术的朋友为我卜过一卦。然后，有一天她突然把一张纸塞在我的手里说："瞧，这就是你的未来。"纸上有一个几何图形，星座之间的连线形成许多角。

心指引的地方

记得当时我一看就觉得这些图一点都不和谐、连贯，只有接踵而来的跳跃，每个弯都转得如此之突然，几乎给人一种摔下来的感觉。在纸的背面，占星家写着："一段艰苦的历程，你必须以全部的坚强武装自己以完成这一旅程。"

我被深深地震惊了，在那之前我一直觉得我的生活是平淡无奈的，当然也遇到过困难，但那些根本算不上什么，与其说是重大的挫折，不如说只是年轻的心中泛起的一点涟漪，就算在我日后长大，成了妻子、母亲、寡妇和祖母，我都没有从这种表面的平淡中走出来，如果要算的话，唯一特殊的事是你母亲悲剧性的暴死。然而再好好看看，其实这张画上的星星们没有撒谎，在平凡单调的表面背后，在我作为一个资产阶级妇女平静的日常生活后面，事实上有一种不断延续的变化，让我不断地心碎，堕入越来越黑暗的深渊，我的内心也越来越崩溃，绝望却逐渐占据了上风。我觉得自己仿佛是一个士兵，边走边战，却总停留在原地。时代变了，人变了，我周围的一切都在变，而我却仿佛还在原地踏步。

在这单调的行军途中，你母亲的死给了我致命的一击，对生活要求不多的我在一瞬间崩溃了。我对自己说："如果

心指引的地方

说迄今为止,我曾向前走了一步或者两步的话,那么现在的我重新滑回到谷底了。"那些日子我担心自己再也不能走了,我觉得到那时为止,我懂得的一些东西仿佛一下全被抹杀了。所幸的是我没有在这种一蹶不振的状态下自暴自弃,生活的激流,它的需要推着我不断向前。

这生活的激流是你:你来了,如此弱小,不能自卫,赤条条的,在这世上什么也没有,你的哭笑声打破了这个家惨淡沉寂的宁静。望着你的头在桌子和长沙发间摆动,我才明白并不是一切都结束了,偶然之间,你在你意想不到的慷慨大度之中重又给了我希望。

"偶然"这个词,莫尔普戈太太的丈夫曾对我说在希伯来语中是不存在的。为了表现相关偶然性的意思,他们不得不使用阿拉伯语中的"风险"一词,很可笑,不是吗?可笑却令人安心:这说明在上帝存在的地方就没有偶然,甚至连表示这个意思的单词也没有。所有的东西都是安排好的,有规律的,不管什么事发生在你身上,一切都自有它的意义,我甚至忌妒那些能毫不迟疑地拥护这个世界观的人,忌妒他们轻而易举地就有了他们的选择。至于我,尽管怀着良好的愿望，却没有一次不是经过两天以上的痛苦抉择才能勉强接受的。在恐惧和非正义面前，我总是后退，我非但不能像别人那样怀着对上帝的感激，随遇而安地接受它们，而且心中总会产生一种对抗的情绪。

现在不管怎样，我准备轻率地给你一个吻，你讨厌它，不是吗？它将被你的盔甲弹回，就像网球触到网球拍一样。不过没关系，不管你喜欢不喜欢，我都要给你，你也没有办法阻止它，因为它现在已经无形地、轻飘飘地飞过大洋了。

我累了，我把到现在为止写的东西重读了一遍，心中有些忧虑，从中你会懂得一些东西吗？许多东西挤满了我的脑子，它们推着揉着争着出来，就像妇女们在季节性大拍卖的摊位前的情形。仔细推敲时，我却苦于没有一条逻辑的线索，可以把它们从头至尾地串起来。也许，这是因为我没有上过大学的缘故。我读过许多书，对很多事情都很感兴趣，但我生活中放在第一位的是厨房与家人，第二才能考虑情感。如果一位植物学家在草坪上散步，他会井然有序地选择采摘他要的花，他知道哪一种是他喜欢的，哪一种不是，然后决定如何取舍。但如果散步的是一个游客，他选择花朵的

心指引的地方

方式就完全不同,选这一朵因为是黄的,那一朵因为是蓝的,第三朵因为是香的,第四朵因为它在小径的边缘。我想我和我的意识之间的关系就是这样,你的母亲总是因此责备我。当我们在一起探讨某一问题时,我总是一下子就被击败了,"你不懂得辩证,"她说:"就像所有平庸的人那样,你不懂得怎样围绕你的论点论证。"

就像你充满了一种莫名可怕的不安一样,你的母亲充满了关于思想体系的意识。对于她而言,我总是谈一些生活琐事,而不是远大的理想主义就是该谴责之类的话。她说我反动,富于病态的资产阶级想象力。她对我的看法是富有,沉湎于一些无聊的东西,崇尚奢侈,自然有不良的倾向。

至于我,有时候确信如果存在一个民众法庭,而她正好是法官,毫无疑问会判我死刑。我有罪,因为我住在一个小别墅里,而不是一所小木屋或郊区的公寓,再加上我继承了一笔数目不大但足以供我们两个人生活的定期租息。为了不重犯我的父母亲所犯的错误,我竭力对她所说的东西表示感兴趣,我从来没有嘲笑她,或使她明白,她所有的这些想法是多么荒谬,但也应该看到我对她所说的事表示怀疑。

心指引的地方

依拉莉亚在帕多瓦①念大学。她原本可以在的里雅斯特②念的,但是她不能容忍和我一起住。每次我提议去看她,她总是充满敌意,她对我报以沉默。她的学业进展很缓慢,我不知道她和谁合租房子,她也从来不愿意告诉我。我深知她的脆弱,总是十分为她担心。那时正值法国的五月风暴③,偶尔在电话里听到她说起一些情况,我意识到我再也跟不上她了。她总是对某些东西充满着热情,而这种东西却不断在变,我迫使自己顺从于自己作为母亲的角色,试着去理解她,然而却是十分不易:一切都是杂乱无章,不可捉摸,有着太多的新思想和极端的看法。依拉莉亚连完整地好好说一句话都做不到,而是时不时地插入这样那样的口号,我害怕她会心理失衡:她自以为加入了一个组织,和他们可以分享她的信念以及那些极端的教条,她在一种令人担忧的状态中滋长着她固有的骄躁天性。

在她上大学的第六年我很担心,因为有一段时间没有她

---

① 帕多瓦,意大利城市,位于威尼斯西面。
② 的里雅斯特,意大利城市,濒亚得里亚海。
③ 五月风暴,1968年5月法国的政治风潮。

的任何消息，而这段时间比以前的任何一次都要长。于是我乘火车去看她，自从她住到帕多瓦后，我从来没有去看过她。门一开我就大吃一惊，因为她非但没有迎上来，反而冲着我嚷道："是谁请你来的？"甚至没有时间容我答复，她就接着说，"你应该早些通知我，我正要出去，今天早晨我有一门重要的考试。"她身上还穿着睡裙，显然这是谎言。我装着没有看穿她说："别担心，我可以等你，然后我们一起为你通过考试庆贺一番。"过了一会儿，她真的走了，走得这样匆忙，以至于把书都忘在了桌上。

一个人待在家里，我做了任何一个母亲都会做的事：我翻了抽屉，希望找到一些蛛丝马迹告诉我女儿正在过着怎样的生活。我并不是想监视她，盘问她，把她当成军营的囚徒，这些东西从来不属于我的性格。我只是很担心，为了证实这种担心，我需要找到证据，除了一些宣传小册子，我什么也没找到，没有一封信或是一本日记。在她的卧室墙上贴着一张大字报，上面写着："家就像一个充满瓦斯的房间一样通畅、刺激。"从某种意义上说，这是个预兆。

午后，依拉莉亚回来了，像出去时一样急匆匆，气吁吁。"考得怎样？"我尽量用充满慈爱的声音问她。"跟别的一样。"她耸耸肩，过了一会儿，接着说："你来就是为这个，来盘查我的吧？"我不想与她发生冲突，因此我用平静轻松的口气告诉她，我只是想与她谈谈。

"谈谈？"她满腹狐疑地重复。"谈什么？谈你的那些不可思议的爱好？"

"谈谈你，依拉莉亚，"我慢慢地说，试着正视她的眼睛。她走近窗子，两眼盯着窗外一棵有些枯败的柳树说："我没有什么可以说的，至少和你没有。我可不愿意把时间浪费在闲谈自己的心情境遇和平淡无奇的琐事上。"然后她的眼睛从柳树移到手表上说，"哦，已经晚了，我要去开一个重要的会。你得走了。"我没有理她，站起来，我没有出门，而是靠近她，握住了她的手。"出了什么事？"我问，"什么事在折磨着你？"我听到她的呼吸加速了，"看见你这样我真的很痛心。"我接着说。"即使你不把我当作母亲，你终究是我的女儿啊。我要帮助你，如果你不告诉我，我又能做些什么呢？"到这个时候，她的下巴开始颤抖，就像她小时候想哭的时候，她的手猛地从我的手中抽

心指引的地方

出，转过身，伏在角落里。她纤瘦紧缩的身体因为深深的抽泣而颤动，我吻着她的头发，她的手冰凉，脸发烫。她一下子转过身抱着我把头靠在我的肩上。"妈妈，"她说："我……我……"

就在那一刻，电话铃响了。

"让它响去。"我在她耳边喃喃地说。

"我不能。"她擦着眼泪回答说。

一拿起话筒，她的声音就变得像原来一般强硬、冷漠，在他们简短的谈话中，我知道一定发生了什么严重的事。事实上，一会儿她就对我说："对不起，现在你真的该走了。"我们一起出门，在门口，她怀着歉意匆匆抱了我一下，"没有人能帮我，"抱紧我的时候她喃喃地说。我陪她到她的自行车前，车被一根绳系在不远处，她已经跨上了车，却伸出两个指头钩住我的项链说："这些珍珠是你的通行证，从你出生之后，你不戴着它们，就没有勇气走一步路。"

许多年过去了，这是每当我回忆起和你母亲在一起生活的日子中最频繁地在我眼前重复的场景。我总是想到它。

心指引的地方

"为什么?"我自问,在所有存在于生活中的东西里,它总是第一个从记忆中跃进我的脑海?今天,当我无数次问自己的时候,我的心中回响起一个成语:乘虚而入。你一定会问这有什么关系?有关系,有重大的关系,那个场景不断在我心中重现,因为这是唯一一次可能出现转机的机会。你的母亲抱着我,她快要哭了;那个时候,在她的盔甲上裂开了一条小缝,一条极小的可容我进入的缝隙。一旦进入,我就可以像钉进墙的钉子一般使它不断扩大,渐渐地我们就可以看到更多的空间,而我将成为她生命中具有决定性意义的改变。我本该果断一点,在她对我说"你真的该走"的时候,我应该留下来。我应该在附近找一家旅馆住下,每天都去她那儿,坚持下去,直到那条小缝变成一条山路。我觉得,仅一步之遥我就可以做到了。

然而我没有这样做:因为怯懦、懒惰和虚伪的颜面观念,我没有违拗她的意识,我曾厌恶过我母亲的好管闲事,我想做得与母亲不同,我想要尊重她生活的自由。在这自由的假面具后,常常隐藏着毫不在意的漠然,隐藏着潜意识中不愿意被牵扯进去的私心。分界线微乎其微,通过它或不通过它只在一念之间，它的严重性却只在事后才能被你感知。只在那时候，你才会后悔。爱不能懒惰，而要在需要的时候做出果断准确的行动，你懂吗？我用崇高的自由外衣掩盖了我的怯懦与懒惰。

随着年龄的增长，一个人就会慢慢地相信宿命论。在你这种年纪一般不会考虑这个问题，每一件发生在你身上的事情，都被你看作是自己的愿望产生的结果。你觉得你就像一个工人，用一块又一块的石头在自己面前修筑一条自己要走的路。只有交了好运，你才发现路已经筑好，早已有人给你标好了路标，你所要做的只不过是朝前走，这是一个一般人过了四十岁才会有的发现，那时你开始意识到，命运并不是由你一个人掌握的。这是一个危险的年龄段，常常会因此陷入幽闭的宿命论深渊。为了看清命运的真实，你还需等待几年，近六十岁的时候，当活过的日子比你能活的日子更长的时候，你会看见一个你以前从来没意识到的事——你走的路不是笔直的，而是布满了岔口，而每个岔口都有一个箭头指着不同的方向；从这儿开始了一条羊肠小道，从那儿延伸出一条消失在树林间的草径。有一些你注意到了就走过去了，

心指引的地方

有一些你却没有看到。那些被你忽视掉的，你也不知道它们会把你引向何方，引向一个更好的地方呢，还是更差的地方。你不知道，然而你却依然感到痛惜，你可以做一件事，你却没有做，你开始倒退而不是前进。你还记得跳鹅游戏①吗？生活前进的方式其实差不多。

在你生命的岔道里，你会遇上其他人，认识他或不认识，和他们一起生活到底或随他们去，只在于你一念之间的选择，即使你站在生命的岔口，也不知道继续向前或是选择岔路后，你也只是在和自己的生命游戏。

---

① 跳鹅游戏，一种掷骰跳棋游戏。

心指引的地方

11月22日

今晚的天气变了,东边刮起了风,在几个时辰内把天上的云一扫而空。在坐下来写作之前,我先在花园里散了一会儿步。布拉风①透过衣裳还是很刺骨。布克很高兴,嘴里含着一颗松果一路小跑地跟在我的身边要我与它玩耍。用我风烛残年的余力,我只能把松果抛一次,而且是一丁点的距离,然而它却已经相当满足了。我检查了一下你的玫瑰的状态之后,又与我心爱的胡桃树和樱桃树打了个招呼。

你还记得当你看到我站在那儿轻抚着树干时曾经怎样嘲笑我吗?"你在做什么?"你对我说,"那又不是一匹马的脊背!"当我对你说抚摸一棵树与抚摸其他动物没有什么两

---

① 布拉风,吹向亚得里亚海域的寒冷的强东北风。

心指引的地方

样甚至更令人安慰时,你耸耸肩,愤愤然地走了。为什么触摸一棵树会更令人安慰呢?因为如果我挠一下布克的头,我必定感到某种温热、颤动的东西,而在这种东西里总隐藏着一种令人难以觉察的慌乱与不安。是喂粥的时候了,是太近还是太遥远,是对你的思念还是只不过是些噩梦的回忆?你懂吗?在狗的心中,就像人一样,有太多纷扰的思绪,太多的要求,要得到幸福和安宁也并不是仅仅取决于它本身。

对于树而言却不同。从发芽抽枝到枯死,它都停留在一个地方。它的根使它比任何东西都更接近地心,它的梢使它同时能接近日月星辰。树液从高处流到地下,又从地下流回树梢,这样往复循环。它根据日光收缩或延展,等待着雨露,等待着阳光,等待着一季又一季,同样等待着死亡。它的生存所必需的东西没有一样是因它的意志而存在的。它只是存在着,别的什么也没有。你现在能理解我为什么喜欢爱抚它们了吗?为了它的坚韧,为了它深沉、持久、平静的呼吸。在《圣经》的某一页上写着:"上帝的鼻孔比常人要大。"这虽然很失敬,但每当我尝试想着神的存在的形式时,我的脑海中总是浮现出栎树的姿态。

心指引的地方

童年时代，家里有一棵栎树，它是如此粗壮，以至需要两个人才能合抱它。四五岁的时候，我就喜欢去找它。坐在那儿感受着屁股底下青草的湿气，清新的风吹拂过我的面颊与发梢。呼吸着这样的空气，我知道存在着一种超自然的组合，在这种组合中我和我所见到的一切都融为一体。尽管我不懂得音乐，有些东西却在我心中歌唱。我不能准确地告诉你是哪种旋律，因为它既没有副歌也没有和声。就像一个按正常节奏有力拉动的风箱，在我心灵的周围特别震撼，这种震撼在我的内部延展，延展到整个身体和我的大脑，由此产生出一种光亮，一种带着双重性的光亮，一种是它的光，一种是音乐。我因为这种光亮而心情愉快，对我而言，除了这种快乐感以外，我什么也没有。

一个孩子靠直觉感受到这样的东西也许会使你感到惊讶，遗憾的是，我们总是习惯于把童年想象成一个黑暗的空白的时代，却往往忽视那时候的人才有着更丰富的财富。其实，只要仔细地看一眼新生儿就知道事实确实如此。你试过吗？有机会就试一试，抛开心中的成见观察他，他的目光是怎样的？空洞、懵懂？还是深邃、悠远？甚至充满睿智？孩

心指引的地方

子天生有更深的呼吸，我们成年人失去了这些东西却还不肯承认。四五岁的时候，我还没有任何宗教意识，对于上帝，对于人的所有可能遇到的困境和麻烦，我都一无所知。

你知道吗？当我面临着在学校为你挑选多一些宗教课还是少一些的时候，我久久不能下决心。一方面我记得我自己与那些教义的撞击简直就是个灾难，另一方面我绝对相信，在教育的过程中要考虑的不仅仅是大脑的训练，也需要精神上的引导。好在这些问题总是迎刃而解。就在你的第一只仓鼠死的那天。你双手托着它，望着我，双眼充满了困惑。"它现在在哪儿呢？"你问我。我用你的问题问你："你觉得它现在在哪儿呢？"你还记得你是怎样回答的吗？"它在两个地方，一部分在这儿，一部分在云中。"那天中午我们举行了一个小小的葬礼埋葬了它。你跪在那个小小的坟头前为它祈祷："愿你幸福，托尼，总有一天我们会重逢的。"

也许我从未向你提及过，我最初的五年学校生活是在圣心修道院度过的。你不会懂得这五年的经历对那个天真活泼的我来说是怎样的伤害。在修道院的门口，修女们常年都在一间茅屋里布置好一个马厩、耶稣和圣父、圣母以及一头牛

心指引的地方

和一头驴,周围是纸做的悬崖峭壁。山上只有一群小羊羔。每一只小羊羔代表一个学生,根据学生当天的表现,代表她的小羊羔的位置随时都会发生变动,表现好就朝耶稣茅屋的方向移一些,表现不好则被移向悬崖,每天早晨去教室的时候,我们都要从马厩前经过,每次经过我们都被迫看一下各自的位置,茅屋和对面的山崖间有一道深不可测的山谷,最不听话的小羊羔就被弃在谷中,而且它的两条小腿被悬空吊着,从六岁到十岁,我每天都是在为我的小羊羔的位置而活着,然而你永远不会懂得为什么我怎样努力都无法把我的小羊羔从悬崖边拖进来一些。

我的内心全心全意地想要把她们教给我的事做好,我很自然地想要和别的小朋友做得一样,而且不完全是为了这个;我真的认为应该乖些,不说谎,不自负。尽管如此,我却总是在悬崖的边缘,摇摇欲坠。为什么?不为什么。当我哭着跑去问照管我们的修女,为什么我的小羊羔被一次又一次移向边缘,她说:"因为昨天你头上的蝴蝶结戴得太大了……因为出学校门的时候你的一个同学听到你在低声唱歌……因为你吃饭前没有洗手。"你懂了吗?还有一次我的

心指引的地方

罪过跟我本人毫无关系，就像我的母亲曾一度指责我那样。在那里我所接受的教育不是言行一致而是随波逐流。有一天，当我的羊羔处于真正的边缘时，我哭着说："我是爱耶稣的。"你不知道站在我身边的修女说什么？"啊，你不仅不守纪律而且还说谎！如果你真的爱耶稣，你就该把你的练习本弄得整洁些！"一怒之下，她用食指一拨，把我的小羊羔摔下了悬崖。

在这件事之后，我相信我足足有两个月没睡好，只要我一闭上眼睛就觉得身下的床垫变成了火舌，一些可怕的声音在我心中冷笑着："等着，现在我们来拉你起来。"当然这些事我什么也没有对我的父母说。看到我脸色蜡黄、精神恍惚，我母亲说："这孩子好像筋疲力尽的样子。"我一声也没吭，只是一口接一口地拼命喝滋补品。

天知道有多少敏感聪慧的人因为这样的遭遇而永远摆脱不了精神上的创伤。每当我听人说，学生时代是多么美好，他们是多么惋惜昔日不能重来时，我就暗自惊讶。对我而言，那是我的生命中最不堪回首，甚至可以说是最糟糕的日子，因为我自知当时是多么无助。整个小学时代，我都在不

心指引的地方

断地作思想斗争，我不知道我是应该尊重自己的意愿呢，还是尽管意识到不对，仍然虚伪地迎合别人。

很奇怪，当我回忆起当时的感觉，我觉得我成长的危机并不在青春期，就像一般人那样，而是正处童年的那几年。到了十二岁、十三四岁时，我已经有了我自己的令人悲哀的坚定的立场。那些重大的形而上学的问题逐渐远去，把空间留给了新的无害的想象。在星期天和法定节日，我都陪母亲去做弥撒，我带着忏悔的神情跪着领圣餐，这样做的时候，我的心却不在这儿，这只是几出我为了平静无忧地生活下去必须参演的小剧目之一。为了这个，我没有给你注册上宗教课，而我也从来没有后悔过，当你带着童真与好奇问我这方面的问题时，我总是试着以直接平和的方式来回答你，同时尊重着我们每个人都有的神秘感。当你不再向我发问了，我就谨小慎微地不再讨论下去，在这些事情上不能推一把或拉一下，否则的话就像兜售货物的流动摊贩一样了，越是推销得紧就越让人觉得是个骗局。对你，我只是试着不熄灭你心中尚存的火花，此外我就只有等待了。

但不要以为我的人生道路就是如此之简单，虽然我在四

心指引的地方

岁那年已凭直觉感到了自然裹住万物的呼吸,但到了七岁,我就不再记得它了。最初,我的确还感觉到那种音乐,虽然埋得很深,但却存在。就像峡谷里的一股湍流,如果我停下来注意听,在山崖边我能辨出它的声音,然后湍流逐渐变成了一架老式收音机,而且这架收音机已经快坏了,一时间旋律突然变高,然后就什么也没有了。

我的父亲和母亲不放弃任何机会指责我爱唱歌的习惯,事实上在一次午餐桌上我竟为此挨了我生平第一个耳光,只因为我不自觉地漏出一句"啦啦啦"。

"没人在饭桌上唱歌。"我的父亲吼道。"不是歌唱家就不该唱。"我的母亲附和道。我流着泪哭着重复说:"但我只是在心里唱!"任何有关精神世界的东西,在我父母的眼里都是不可思议的,他们又怎能容忍我的歌声呢?我如果天生是个圣人就好了,偏偏悲哀的是我又仅仅是个凡人。

慢慢的慢慢的音乐消失了,随之而去的是我在生命的最初几年所体验到的内心深处的快乐,最令我痛惜的就是这种快乐。接下来的日子,当然,我还是幸福的。然而这种幸福与先前的快乐相比就像是灯泡与太阳。幸福总有一个标的,

心指引的地方

我们因为某件事、某样东西而感到幸福,这是一种依赖于外因的感情。而快乐却没有原因,这种感觉支配着你,你却看不到任何表面显而易见的理由。这就像太阳,靠燃烧自身来放射光芒。

岁月向前奔流,我渐渐抛弃了自己,抛弃了那个最深的自我,变成了另一个人以迎合我的父母的期待,我丢弃了我的秉性以换回一种性格。性格,你将有机会体会到,在这个世界上它要比秉性肤浅得多。

性格与秉性,与一般人的认识截然相反,它们根本走不到一起,相反,绝大多数的情况下它们都相互排斥。举个例子说,我的母亲,她个性极强,做什么事都很果断,没有任何东西可以损害她的这份自信。我和她截然相反,在日常生活中没有一件事能触发我的激情。碰到什么事,我总是犹豫不决,拖到后来,往往由我身边性急的人替我决定而告终。

不要以为抛弃本性伪装成另一种性格是一件自然而然的事。在我的内心深处,一直有一种东西想要反抗,使我恢复本来面貌,然而另一种东西因为渴求被爱,不得不改变自己以迎合在这个世上生存的需要。多么艰苦的战役!我恨我的

心指引的地方

母亲，恨她虚伪、浅薄的处世方式。然而不知不觉地，虽然全非我的本意，我却变得越来越像她。这就是教育可怕的产物，而几乎没有一个人能幸免，没有一个孩子能在没有爱的环境中长大。为了得到爱，我们不得不按照教诲改变自我，哪怕你不喜欢改变，哪怕你明知这不对也无济于事。这种机械的效果并没有随着我们成年消失。一旦你自己做了母亲，你就会不自觉地用同样的方式去塑造你的儿女。因此当我生了你的母亲之后，我对自己说我要做一个不同的母亲，而事实上我也是这样做的，然而这种改变都是虚伪的、表面的。为了不把一个桎梏套在你母亲身上，就像我的母亲曾对我做过的那样，我总是让她自由地去选择，我希望她能感觉到无论她做什么我都会赞成，我不作任何干涉，只是重复说："我们是两个不同的人，而我们要尊重彼此的不同。"

在这一切之中有一个重大的错误，你知道那是什么吗？那就是我不再有威信。虽然我那时候已经成人了，我却一点自信也没有。做不到爱自己、敬重自己。凭着孩子特有的敏锐的直觉和投机的心态，你的母亲一下子就洞察了这一点。她看到了我软弱、脆弱的一面，知道我容易被制服。想到我

心指引的地方

们两个人的关系,我的脑海里浮现出一幅一棵树与损害它的寄生植物在一起的图画。那棵树更老更高大,它在那儿生存了很久,有着很深的根,那寄生植物只在一季前才从它脚下的土壤中钻出来,没有根只有些根须和游丝,在每一根游丝下都有些吸盘,凭着这些吸盘,它攀缘在老树的身上。一两年之后,它已经攀到了树冠,当它的寄主开始凋零时,它却依旧绿叶葱葱。它不断扩展,努力生根,把老树整个儿覆盖起来,独享阳光和雨露。就这样大树干涸而死,空存着树干作为这棵攀缘植物的支柱。

在你母亲悲剧性地死去之后,有好几年我不再想她,有好几次我以为自己已经把她给忘了,我甚至为自己的残忍而自责。的确,接替她的有你,但我不认为这是理由,哪怕只是部分理由。一种被击溃的感觉如此之强烈,使我无法面对。只是在近几年,当你开始疏远我,开始走你自己的路,关于你母亲的念头才回到我心中,开始缠绕着我,最大的悔恨是从不曾有勇气起来反对她,从不曾说过:"你大错特错了,你正在干傻事。"我曾感到在她的谈话中有一些极其危险的标语,为她着想,我本该马上把这些东西从她的思想中赶出去的，然而我却一直避免去干涉它们，这同惰性无关。我们要谈的是很本质的东西，促使我做——或更确切地说是没有做的原因，源于我的母亲教给我的态度。为了被爱，我必须避免冲突，装成另一个我。依拉莉亚天性专横，个性很强，而我害怕直接的冲突，害怕反抗自己。如果我真的爱她，我应该为自己的行为感到愤慨，应该以更强硬的态度来对待她。我应该迫使她做某些事或不许她干某件事，也许这正是她所需要所缺少的。

天知道为什么最简单的真理往往是最不能被理解的东西。如果我在当时就明白爱的第一性是力量，也许有些事情就可以改变。但是一个坚强果断的人首先要爱自己；要爱自己首先要清楚地认识自己，了解自己的一切，哪怕是那些很隐蔽的为自己所难以接受的东西。当生活带着它的隆隆之音把你拖向前的时候，你该如何来完成这一步呢？只有极具天分的人才能在生命之初就认识到这一点并开始付诸行动。一般的人，如我和你的母亲都只有树枝和塑料瓶的命。某一个人或一阵风一下子把你吹入生命之河里，幸亏你的质料使你没有从此沉没下去，而是飘浮起来；而这对你而言已经是一

心指引的地方

个莫大的胜利了,于是你马上开始奔跑;你被水流带着,飞快地向前漂流,时不时地,因为一个树枝做的鸟巢或者一块石头,你被迫做一下停留。你浮在水面上,经受着水花的拍打,不久水位升高了,你又自由了,继续向前;水势平缓的时候,你浮在水面上,遇到险滩,你就会搁浅。你不知道自己漂向何方,你也从不曾问过自己。平稳无忧的时候,你有机会看看风景,看看堤岸上的灌木丛,你不能仔细地观察它们,只能看清它们的形状、颜色。你走得太快了,以至于看不清别的。过的时间久了,走的路多了,路途中的坎坷磨灭了青春的气焰,河流变得更为宽阔,虽还有边际,不过已经很朦胧了。"我要去哪儿?"你自问,也就在这一刻你看到了前方的大海。

我的生活经历大部分就是如此。与其说是游泳还不如说是在挣扎着扑腾。没有自信,充满着混乱,既不悠闲也没有欢乐,我所能做到的只是让自己浮着。

为什么我会给你写这些呢?这些冗长而又隐晦的自白又意味着什么?看到这里你或许已经感到厌烦了,厌烦得想把它们一页一页撕掉。"你到底要告诉我什么?""你要带我去哪儿呢？"你会自问。的确，说到离题，我常常丢掉了问题的主要方面，心甘情愿地走上了岔道。我觉得自己迷失了方向，或许这并非感觉：我真的迷失了方向。但正是这种迷途告诉我们找到中心的重要，我想这也是你一直在寻找的。

你还记得我教你煎鸡蛋薄饼的情景吗？当它被抛到空中的时候，我曾对你说，除了知道它会直着掉到锅里之外，你还要注意别的东西。如果在它被抛起来的时候，你注意力集中的话，你就会看到它是卷起来落入锅中的还是扁平地落下的。这分明滑稽可笑，但正是这无关紧要的观察把许多无益的东西带进了生活，带进了人们的心灵。

不过现在不是我的心，而是我的胃在抗议了。说来也有道理，因为从沿河旅行到薄饼，不知不觉就到了吃饭时间。现在我得离开你一会儿了，在临走之前我还想送你一个含着怨恨的吻。

心指引的地方

11月29日

今天早晨当我像往常一样在花园中散步的时候，发现了一个昨天狂风之中落难的小生灵，就好像我的守护天使在冥冥之中指引着我一样，我没有像平时那样只是围绕着宅子走一圈，而是走到了宅子的纵深处。那儿原来是一个家畜棚，现在用来堆粪肥。正当我沿着分隔沃尔特家和我家的矮墙行走的时候，我在地上发现了一个深色的东西。可能是一个松果，但又不是，因为它很有规律地抽搐着。我出去时没有戴眼镜，所以只有在靠近时才发现原来是一只百舌鸟。我冒着摔断股骨的危险才抓住了它，因为我刚要抓住它，它就往前跳了一小步。如果我年轻一点的话，只要一秒钟就可以捉住它，但现在，我的行动太迟缓了。最后我灵机一动，解下了头上的一方头巾，盖在它的头上，我就这样把它裹回了家，

心指引的地方

并把它安放在一个鞋盒子里，我在里面放了些碎布条，在盖上戳了几个洞，其中一个足以让它把头伸出来。

在我写东西的时候，它就在我面前的桌上，我还没有给它吃东西，因为它还是那样焦躁不安。看着它这样，我也跟着不安起来，它受了惊扰的目光使我感到局促。如果这个时候，有一个小仙女来到凡间，全身光彩夺目，令人眼花缭乱地往冰箱和电炉之间一站，你知道我会向她要什么？我会向她要所罗门王①的魔戒，那个可以帮助世界上所有动物进行语言沟通的宝物。这样，我就可以对百舌鸟说："不要害怕，小东西，的确我是个人，但我确实怀着良好的愿望，我将照顾你，给你吃的，等到你复原时我就放你飞走。"

现在回到我们自己身上，上次我打了一个拙劣的油煎鸡蛋薄饼的比方之后，就和你做了一个短暂的告别。我肯定你生气了。人年轻的时候总喜欢表现得高调，尽管看起来有些荒唐，想做一些大得足以载入史册的大事。你在离开之前不

---

① 所罗门王，古代以色列—犹太王国国王（约公元前971至公元前931年在位）。大卫之子，以智慧著称。

心指引的地方

久,在我的枕下放了一封信,希望我能理解你在这儿感受到的种种不自在。现在你走了,我可以告诉你,这封信除了让我看到你的不自在之外,我什么也没有读懂,所有的东西都是如此之迂回晦涩。我是一个单纯的人,我所处的时代与你也不同。如果有一件东西是黑的,我就说是黑的;是白的,我就说是白的。我凭着日积月累的经验,凭着认识事物的真实性来解决问题,而不是根据其他人,抑或世俗的准则去判断。当你开始扔掉那些控制你的东西,舍弃那些不属于你的东西的时候,你就走上正道了。很多次,我发现你的那些信非但没有帮助你解脱,反而使你陷得更深了,你就像在乌贼吐出的一团墨汁中挣扎逃亡。

在决定你的远行之前,你给了我另一种选择。你说:"我去国外一年,或者找一个心理医生。"你还记得我态度强硬的反应吗?我对你说:"国外你可以去上三年我也不管,但心理医生那儿,你一次也不能去,我不允许你去,就是你自己支付费用也不行。"你对我这样近乎极端的反应很震惊,你原以为提出去看心理医生是给我一条退路,使我少受一点打击。虽然你没有明说,但我知道,你心里一定在

心指引的地方

想,我太老了,已经没有能力理解你的苦心,而且我也太闭塞了。然而你错了,我在童年时代就听说了弗洛伊德①。我父亲的一个兄弟是医生,曾经在维也纳求学,所以极早就接触了他的理论。他对此非常感兴趣,每次来我们家吃饭都试着说服我的父母相信该理论的效力。"你永远也不可能让我相信梦见吃面就意味着我怀有对死亡的恐惧。"我的母亲一脸怒容地说,"如果我梦见吃面,只能说明我饿了。"我叔叔向她解释说,这种顽固的想法来自受压抑的情感,这是一种模糊地表达对死亡的恐惧的方式,因为面条不是别的,而是代表寄生虫,而这些寄生虫总有一天会繁殖得到处都是。然而无论他怎样说都无济于事,你知道听到这儿我母亲说什么?她在沉默了片刻之后,用她女高音般的嗓门大声问:"那么,如果我梦见通心粉呢?"

而我对精神分析家的反感倒不完全是因为这件童年轶事。你的母亲近十年工夫都在接受一个精神分析家的治疗,

---

① 弗洛伊德(1856-1939),奥地利心理学家、精神病医师。精神分析学派创始人。

心指引的地方

直到她死也没有间断,我不知道这个人是有真才实学的,还是所谓的挂名行医的江湖郎中,但是这毕竟给我提供了一个了解她日常生活的途径。说实话,最初她什么也没有对我说,而你知道对这些事要进行职业性保密。而我一下子就察觉到的原因是她一下子变得极端依赖别人。一个月后,她的全部生活就围绕着她和医生之间的约会及他们之间发生的事情转了。"忌妒。"你将会说我。也许是有些吧,但这不是主要的。使我真正感到不安的是,看到她重又沦为一个新东西的奴隶,起先是政治,随后是她和那位先生之间的关系。依拉莉亚在她于帕多瓦逗留的最后一年遇到他,事实上在她回来之后,每星期要去的也是帕多瓦。当她告诉我这件事后,我有些惘然,我说:"你觉得有必要跑那么远去找一位好大夫吗?"

一方面,希望求医能把她从致命的囚笼里解脱出来的想法多少给了我一点安慰,在内心深处我对自己说,如果依拉莉亚能向某个人求助,这已经是一大进步了。另一方面,我深知她脆弱的本性,担心她看不准人,担心她盲目地付出她的信赖。要看清楚别人的内心,总是一件表面很微妙的事。

心指引的地方

"你是怎样找到他的?"我问她,"是谁给你介绍的?"而她只是用耸耸肩来回答我。"你想知道?"这样说了一句后她就以长久的沉默来阻止我的询问。

虽然在的里雅斯特,他和她住在一所房子里,但我和她有一个约定俗成的习惯,就是每星期至少在一起吃一顿午饭。自从她开始接受治疗以后,在这种两个人的场合下,我们之间的谈话就只是些不自然的表面文章。我们谈着城里发生的事或者天气;如果城里什么也没有发生,正巧又是好天气,那我们就几乎无话可谈了。

在她去了三四次帕多瓦后,我觉察到一种变化。我们不再像从前那样相对无言,而她开始提问题:她想知道从前的一切,关于我,关于她的父亲,关于我们的关系。在她的问题里我听不到一丝好奇:她的口气就好像是审问犯人;她总是把问题重复好几遍,坚持要知道最小的细节,对一些她能记事之后发生的事,她不断暗示着她心中的疑问,她的记忆简直惊人。那时候,我觉得自己仿佛不是在和我的女儿谈话,而是面对着一个竭力要我服罪的警官。有一天,我终于忍不住了,我说:"你直说吧!你想知道些什么?"她望了

心指引的地方

我一眼，目光里含着淡淡的嘲弄，然后她拿起一把叉子，在旁边的瓶子上敲了一下，当瓶子发出"叮"的声响的时候，她说："我只想知道一件事，什么时候，为什么你和你的丈夫破坏了我所有的梦想。"

那顿午饭是我最后一次容忍这种盘问，回答那一连串充满火药味的问题，以后的一个多星期我打电话对她说，她照样可以来，不过不是来审问我，而是我们好好谈一谈。

我做贼心虚吗？的确，我做贼心虚，有许多事我本应该告诉依拉莉亚的，但是我觉得把如此微妙的事在她的审问般的高压下吐露出来是不对的，我不敢想象会发生什么后果。如果我落入了她的圈套，而不是使我们两个成人之间开始一种新的关系，我将永远负有责任，而她也成了永远不得解救的受害者。

几个月后，我又对她接受诊治的事老调重弹。那时候她已经发展到整个周末都和那个医生待在一起，不见踪影；她瘦了很多，谈话间神色仿佛梦呓，这是以前从未有过的。我给她讲祖父的事，讲他和一个精神分析家的初步接触，然后装作无意中问她："你的医生是属于哪一个医学流派的?""什么也不是。"她说,"或更确切地说,他是自成一派。"

到那一刻,那原本只是有些担心的情绪一下变成了深深的真切的焦虑。我设法得知那位医生的名字,经过简短的调查,我发现他根本不是什么医生。我最初对诊治所抱的一点希望一下子破灭了。当然不是他没有学历证明他的行医资格本身使我对他不信任。如果治疗是切实有效的,那么即使在起始阶段会有一些不良的反应,随着时间的推移,我们总该看到好转的情况远大于最初的副作用吧。慢慢地她或许还会疑惑,或许还会有所反复,但终将走上自觉的大道。然而,依拉莉亚却逐渐地对周围的一切都丧失了兴趣。那时她结束学业也已经好多年了,她什么事也不做,连仅有的几个朋友也疏远了,她做的唯一一件事就是以昆虫学家般执着的精神沉迷于观察自己的内心活动。她的世界就围绕着她晚上做的梦,或是一句我或者她的父亲在二十年前对她说的话运转。看着她的状况一天天恶化下去,我束手无策。

只有在三年之后的某几个星期里,我仿佛又看到了希望,复活节后没几天,我向她建议一起去旅行,使我惊喜的

心指引的地方

是,依拉莉亚没有反对,而是把眼睛从盘子上移开,望着我问:"那我们能去哪儿呢?"我说:"你想去的地方,任何一个我们想到的地方。"

就是那天下午,我们俩不耐烦地等着旅行社开门。以后的好几个星期我们一家家地询问,希望能找到一个合我们口味的地方旅游。最后我们选中了希腊。定下来的日期是5月底。旅行前的准备工作把我们紧密地联系在一起,这是前所未有的,她整天想着旅行箱的事,生怕忘带了什么重要的东西。为了抚慰她,我为她买了本备忘录:"把你要用的东西写在上面。"我说,"等你把它放进箱子后再在边上打个叉。"

晚上入睡前,我后悔自己没有早些想到一次共同的旅行是弥合我们的关系的绝妙方法。旅行前的一个星期五,依拉莉亚打电话给我,态度生硬,声音响亮。我猜她是在一个电话亭里。"我得去一次帕多瓦。"她说:"我最迟星期二晚上回来。""你一定要去吗?"我问,但她已经挂断了电话。

直到星期四我都没有她的任何消息。2点钟,电话铃响了,她的声音有些犹豫,一方面已经决定了,一方面又有些悔意。"对不起,"她说,"但我不能去希腊了。"她等着我的反应,而我也在等待着。过了一会儿,我说:"我也很遗憾,不过不管怎样我还是要去的。"她听出了我的失望,试着给我一些解释:"如果我去的话,我就是逃避我自己。"她喃喃地说。

你可以想象这是一次怎样无奈的旅行,我努力听着导游的讲解,提起对风景古迹的兴趣,事实上我一心一意想的都是你母亲,不知道她以后的生活到底会怎么样。

我对自己说,依拉莉亚就像是一个菜农,在把菜种下去之后,在看到它们发出了新芽之后,就开始害怕有什么东西会把它们毁掉。为了防止坏天气的破坏,她就买了一块防水防风的塑料布盖在上面;为了防害虫,她喷了许多杀虫剂。她不停地这样做,白天黑夜没有一刻不想着她的蔬菜以及怎样保护它们。然而一天清晨,当她掀开塑料布的时候,却发现它们全都枯死、腐烂了。如果她让它们自由生长,它们中的一部分还是会死去,但是另一部分却能存活下来,在她种下的蔬菜旁,会长出一些风或昆虫带来的植物,其中可能有

心指引的地方

杂草需要除去，但也可能会有一些能开出鲜艳的花朵以点缀色彩单调的菜园。你懂吗？这才是生活，我们要从容大度地接受我们的生活：一心关注着自己自幼以来性格形成的过程，丝毫不注意周围发生的一切就意味着虽然在呼吸，但心却已经死了。

依拉莉亚过分的自我束缚，扼杀了她的心灵之声。和她谈了多次，我甚至害怕提及这个词。在她十多岁的时候曾有一次我对她说："心灵是精神的中枢。"第二天早晨我在餐桌上发现一本翻开的词典，词典翻到"精神"一页，"精神"一词的词条用红笔划了出来：酒精，浸水果的无色液体。

心灵在那时使人一下子就想到单纯、平凡的东西。在我年轻的时候人们还常常能自然地引用它，现在它已经成为一个谁也不会用的专有名词了。仅有几次它被引用的时候也只是提及它的不良作用：不是完整的心脏，而是冠状动脉的局部贫血；一种轻微的动脉疾病，然而它作为人的灵魂的中心这一点却不再被提及。很多次我自问它被排斥的原因，"相信自己心灵的人是愚蠢的。"奥古斯托常常引用《圣经》里的话说。为什么是愚蠢的呢？难道是因为心灵像一个着火的房间？难道是因为里面一片浓烟，有黑暗也有火光？人的大脑是现代的，但心是原始的。因此一个注重心灵感受的人，他的想法必定接近人的动物性，而注重理性的人才更接近生命的更高境界。但如果事情不是这样呢？如果事实恰恰相反呢？如果正是这一极端的理性主义在侵蚀生命呢？

在从希腊的归途中，我逐渐养成习惯每天早上都在油轮驾驶舱里度过一段时间。我喜欢悄悄地望一眼舱内，看一眼雷达和所有能告诉我们船正驶向何方的复杂装置。在那儿，有一天我望着在空气中颤动的天线突然想到人也越来越像一只收音机，只能靠外来的一组电磁波来协调自己。

虽然刻度盘上标着各台的频道，但当你拨动旋钮，听到的却不是一个台或两个台清晰的声音，而是各频道混在一起的嗡嗡声。我有一种感觉，过度用脑会造成这种现象：在所有的真实中，理性只能引导我们抓住有限的一部分，而这一部分常使我们困惑，因为它只能用言语描述，而描述的偏差往往非但不能带给我们开阔的视野，还把我们禁锢在原地转圈。

心指引的地方

心灵的知觉苛求静谧。年轻的时候我并不知道，现在我懂得当我在这个寂静无声的家里走来走去的时候，我就像一条鱼游弋在它的水晶缸里。这就像用一把扫帚或是用一块湿布擦地：如果你用的是扫帚，扫地的尘埃扬起来然后又回落到你周围的家具上，但如果你用的是湿布，地板就被擦得又光又亮；静谧就像湿润的抹布，能擦去遮蔽光泽的尘埃。大脑是言语的奴隶，它的所谓节奏就是那些纷杂的思绪，然而心却不同，它能呼吸，在所有的器官中它是唯一能搏动的，而这种搏动使它能与自然的呼吸相共振。有时候，整个下午我会由于心不在焉而让电视开着。即使我不看，声音也在房间里缠绕着我。晚上睡觉的时候，我就神经紧张，难以入睡。连续不断的声音，各种各样的喧哗是一种毒品，一旦我们对它们习惯了，它就变得一刻都不能缺少了。

现在我不想再继续下去了，今天我写的这几页就像我用不同的烹饪配方混合制成的一只蛋糕，用一点杏仁，然后是鲜奶酪、葡萄干和朗姆酒，加些萨伏伊饼干和蛋白杏仁甜饼的制作方法，加上巧克力和草莓，总之就像那种我曾尝过一回的名叫"新潮熟食"的难吃东西，是一种馅饼？也许，我

心指引的地方

想如果拿给一位哲学家看的话,他肯定会忍不住像那些小学老教师一般在下面划满了条条杠杠。"不合逻辑。"他将批道,"内容离题,论据不足。"

如果落到一个心理学家手里就更不要说了。就我和我女儿失败的关系,就我阻碍了她的一切,他简直可以写一篇评论文章。不过就算我阻碍过她,现在又有什么要紧呢?我曾有一个女儿,但我已经失去了她。她死了,是撞车而死的。就在她发现那个她以为给她带来了许多不幸的父亲并非她生父的当天撞车死的。那天的情景就像电影一样一幕幕展现在我的眼前,所不同的是没有用放映机,而是直接投影在墙上。我清晰地记得以后的每一幕,哪怕是细节。什么也没有从我的记忆中消失,所有的东西都存在于我心里,无论是在我睡着的时候,还是在我梦中,它们都在我的思绪间抖动。哪怕我死了,它们仍将这样抖动。

百舌鸟醒了,不时地把头从洞中伸出,有力地发出一声"啾"。它好像在说:"我饿了,你拿什么给我吃?"我站起来,开了冰箱,看看有什么东西对它合适,看到什么也没有,我就打电话给沃尔特先生,看他是否有一些小虫子。一边拨号，我一边对它说："你好福气，小东西，你是从一只蛋里孵出来的，在第一次飞上天之后就忘了你父母的样子，这是你的福气啊！"

心指引的地方

11月30日

今天早晨9点差几分的时候,沃尔特夫妇带了一小袋虫子来看我。那些虫子是他们从一位爱好钓鱼的侄子那儿要来的,是一些幼小的面粉蛆虫。在沃尔特先生的帮助下,我小心翼翼地把小鸟从盒子里抱出来,我清晰地感到它的心在它柔软的羽毛下疯狂地跳动着。我用一个小小的金属镊子从盘上夹起虫子喂它,尽管我对着它的小嘴摇晃着虫子,示意它有多么美味,可它就是不肯尝一口,于是沃尔特先生说:"你用一支牙签把它的小嘴撬开,然后用手把它的嘴张着。"然而我当然不敢那么做,我突然想起我们从前养的许多鸟,喂食时要用食物碰它们嘴的边缘。果然就像这后面有弹簧一样,我这样一做它就张开了嘴。它只吃了三条虫子就饱了。沃尔特太太已经煮好了咖啡——自从我的手受伤之后

心指引的地方

就不能做了,我们一起坐下来聊了一会儿。如果没有他们的好心帮助,我的生活就更困难了,不久他们将去苗圃买一些鳞茎和种子以便在来年春天使用,他们邀我一起去,但我没有给他们明确的答复,只说明天上午9点在电话里再决定。

那天是5月8日,早上我在花园里料理那些植物,耧斗菜开花了,樱桃树上也结满了花朵。午饭的时候,你的母亲出乎意料地来了。她蹑手蹑脚地走到我的背后,然后大叫一声:"给你一个惊喜!"我吓得连扫帚都掉了。她假装出来的欢欣雀跃的样子很不自然,她脸色蜡黄,嘴唇苍白得像个病人,说话的时候,她的双手下意识地拨弄着头发,或把它们从脸上拂开,或拉扯着它们,或把一缕头发塞在嘴里。

那段日子里,她总是这样。望着她,我已经不再担心了,至少不比以往更担心了,我问她你在哪儿,她说把你放在了一个朋友家里。朝屋里走去的时候,她从口袋里抽出一小束皱巴巴的"勿忘我",说:"今天是母亲节。"然后站在那儿不动了,手里握着花,眼睛望着我,犹豫着不知道是否该做进一步的表示。于是那进一步的表示就由我来做,我走近她，热情地拥抱她，并对她说谢谢。当我的身体碰到她的时候，一种强烈的悲伤与不安袭上我的心头，她的身体是僵硬不自然的，她的心中分明有一种陌生的抗拒，这种抗拒并没有因为我抱紧她而软化，相反变得更僵硬了，我觉得她的身体里仿佛是空的，就像冰冷的洞穴一般，呼出冰冷的空气。我清楚地记得我当时想到的是你，我自问，一个小孩在一个状况沦落至此的母亲身边会怎样呢？随着时光的流逝，随着她的状况愈来愈糟，我担心你和你的成长。你的母亲忌妒心极重，尽量不把你带来见我。她不许你受到我的不良影响。如果说我已经毁了她，那么你决不能再让我给毁了。

是吃午饭的时间了，在拥抱之后，我就去了厨房。天气很温和，我们把餐桌搭在了紫藤架下，铺上绿白相间的小方格桌布，在桌子中央，一个小花瓶里插着那束"勿忘我"，你看见了吗？在我跳跃的思绪里，每一个细节都以难以置信的精确贮存在那里，难道我当时就意识到那将是我们的最后一面？或者，是在悲剧之后，我人为地延长着与她共度的时光？谁知道呢，谁又能讲清楚呢？

因为当时我什么也没有准备，我就做了一些番茄酱。快

心指引的地方

做好时，我问依拉莉亚喜欢何种面条，她的声音从屋外传来一句"随便"，于是我就下了螺旋形面条。当我们都在桌边坐下来之后，我问了几个有关你的问题，而她的回答却总是闪烁其词。一群昆虫在我的头顶上飞，飞进花丛又飞出来，嗡嗡的声音几乎盖过了我们的谈话声。突然间，一块黑乎乎的东西掉进了你母亲的盘子，"是只马蜂，弄死它，弄死它！"她大叫着从椅子上跳起来，打翻了一切。于是我伸手扶住桌子，我看见是只熊蜂，我说："不是马蜂，是只熊蜂，不要紧的！"我把它弄走后，又给她添上面条。她一副心烦意乱的样子，对着面前的食物，漫不经心地摆弄着手中的叉子，把它从一只手换到另一只手，然后她双肘支在桌上说："我需要钱。"桌布上打翻过面条的地方留下了一大摊污渍。

有关钱的问题早在几个月前就已提上日程了。在前一年里的圣诞前夕，依拉莉亚就对我坦白说，为了她的精神分析医生，她签了一些单据，我进一步追问，她就开始躲躲闪闪。"一些保证书，"她说，"只是些单纯的形式的东西。"这就是她的令人恐怖的态度，碰到重要的事情，说话总是吞吞吐吐。她用这种方式把她的焦虑转嫁给我，一旦转嫁完毕她就不肯再给我必要的信息，让我能够帮助她。所有这一切都掺杂着一种虐待和折磨，除此之外就是她需要别人为她操心。常常是当她不愿谈下去时，就用一些俏皮话来搪塞。

比如说"我得了卵巢癌。"而我在急匆匆焦虑地调查了一番之后，发现她只是去做了一些任何女人都要做的例行检查。你懂吗？这就像那个古老的"狼来了"的传说。最后几年她不断地编造一些悲剧性的谎言，而我早已不再相信她了，或者说相信得少些了，所以当她告诉我她签了一些单据时，我并没有留意，也没有进一步询问。我已经厌烦透了她的充满血腥的谎言。然而即使我坚持追问下去，即使我早一些意识到，事情也无法挽回，单据也已经签了，事先没有向我透露过半句。

真正的灾难出现在2月底的时候。直到那时我才知道依拉莉亚签的单据担保偿还她的医生3亿里拉，在那两个月里她担保的企业破产了，有一个将近20亿的洞需要填补，银行开始催债。这时候你的母亲才跑到我跟前来痛哭，问我该怎么办，作担保的事实上是你和她住的房子，银行最终要的也就是这个。你可以想象当时我该有多么愤怒。三十多岁的人了，非但不能养活自己，还拿自己唯一的财产开玩笑，那套公寓是在你出生的时候我才转到她名下的。我怒气冲天但掩饰着没让她看出来，为了不给她增加精神压力我假装平静地说："让我们看看我们还能做些什么？"

看到她已经陷入一种彻底的麻木不仁的状态，我就找了一个好律师。我突然充当起侦探来，为了打赢和银行之间的官司，我收集了所有可能有用的证据。这才知道她那位医生一直开剂量很重的精神病药给她吃已经有好几年了，还在给她做心理治疗的期间，如果她的情绪有些低落，就让她喝威士忌。他别的什么也不做，只是一味地重复说她是老师最宠爱的学生，也是最有天赋的一个，说她很快就会成功，可以开一个诊所，以她的例子，去治疗别人。一想到这些话我就浑身哆嗦，你能想象像依拉莉亚这样一个神经脆弱、思想混沌、毫无主见的人有一天能去治疗别人吗？如果悲剧没有发生，我几乎肯定她会瞒着我去扮演这种伪善者的角色。

当然她从不敢明确地对我说出她的打算，每当我问她为什么不以某种方式把她大学文学系里学到的东西学以致用时，她总是报以狡黠的一笑，说："你等着瞧，总有一天我会用上它们的……"

有许多东西光是想起来就已经伤感，要说出口则更令人痛心。在那些令我痛苦不堪的日子里，我突然明白了一件事，这件事我从没有和你谈起过，至今我也不知道是否应该告诉你，但是既然我已决定不向你做任何隐瞒，我就全说了。你看，猛然之间我如梦初醒，你的母亲其实一点都不聪明。我是费了很大的力气才认识到这一点并且接受它的，一方面是因为我们对于自己的子女总是盲目相信，另一方面是因为她虚伪的才识和口才使她得以浑水摸鱼，蒙骗别人的视听。如果我有勇气及时认识到这一点，我就可以更好地保护她，就可以用更果断更强硬的方式爱她。保护她或许能挽救她。

然而当我认识到这至关重要的一点时，一切都已经太晚了。当我全盘考虑了事情的复杂性之后得出结论，唯一的出路就是宣布她没有辨认和控制自己行为的能力，起诉指使欺骗她的人，当我告诉她我和律师做出的决定时，你的母亲一下子就歇斯底里地发作起来。"你是故意这样做的。"她嚷道："这完全是你要夺走我的孩子的阴谋！"然而我深信在她的内心深处想看到的只有一件事，那就是：一旦她被认为无辨认和控制自己行为的能力，那么她一生对事业的憧憬都将被毁掉。蒙着眼睛在万丈深渊边徘徊，却还以为自己在草坪上野餐。在那次发作之后，她责令我清算了律师的费用，再不许管她的事。她又自己找了一位律师咨询，并一直瞒着我直到送"勿忘我"的那一天。

当她双肘支撑在桌上向我要钱的时候，你能体会到我的心态吗？当然我明白我在谈的是你的母亲，而也许此刻你在我的言辞中听到的只是残酷的冷漠，因而你觉得你有理由恨我。但是请你记住我一开始就对你说的话：你的母亲是我的女儿，我失去的要比你失去的多得多！当你失去她的时候，你还天真懵懂，不谙世事，而我却不是！如果你时不时地觉得我谈到她的语气含着冷漠，那么请你试着去体会我有多么痛苦，这种痛苦是不能用言语来表达的。因而冷漠只是表面的，要感谢时空的间隔我才得以继续写下去。

当她要我为她偿债时，生平第一次我对她说"不"，

心指引的地方

"绝对不"。"我不是瑞士银行,"我回答她,"我没有这么多钱,就算我有,也不会给你,你已经到了为你的行为负责的年龄了。我只有一份房产,而我已经把它记到你的名下,如果它在你手中失去,这不关我的事。"这时,她开始啼哭,边哭边讲,但往往一句话只开了个头就又开始讲另一句,从这些支离破碎的话中我辨不出任何头绪,也毫无逻辑可言。在抱怨了十多分钟之后,她又老调重弹,数落她的父亲并强加给他一些罪状,其中最重要的一点就是他对她的漠不关心。"我要得到补偿,你懂吗?"她恶狠狠地瞪着我,嚷道。那时候,不知为什么,我勃然大怒。我原来发誓要带到坟墓中的秘密冲口而出。一出口,我就后悔了,想把它们吞回去,我愿意付出一切代价只要我能收回这些话,但是已经太晚了。那句"你的父亲并不是你真正的父亲"已经被她听见。她的脸色变得更加难看,简直是面如土色,她慢慢地站起来,抓住我,用微弱得勉强能辨别的声音问:"你说什么?"不知为什么,我竟恢复了平静,答道:"你没听错,我说你的父亲并不是我的丈夫。"

依拉莉亚什么反应?她转身就走,她的步子与其说像一

心指引的地方

个普通人,还不如说是个机器人。她朝着花园的出口走去。"等一下,我有话跟你说。"我用满含怨恨的声音朝她喊道。

为什么我没有站起来,没有去追她,为什么事实上我没有采取任何行动去阻止她?因为我也被自己的话惊呆了,请你试着去体会,一个你如此坚定地保守了很多年的秘密,突然之间泄露了出来,在一瞬间,它就像只金丝雀从洞开的笼门中飞出,投向一个人的怀里,而这个人偏偏是这个世上它唯一不该飞向的人。

那天黄昏6点,当我仍然心神不定地在花园里给绣球花浇水的时候,一队巡警来通知我车祸的事。

时间已经不早了,我要歇会儿了。我喂了布克和百舌鸟,我吃了晚饭,看了会儿电视。我已成碎片的心灵盔甲不允许我长时间地情绪激动。为了继续写下去,我必须调节一下,重新喘口气。

你知道,你的母亲并没有马上死去,而是在生死之间挣扎了十天。在那些日子里,我每天都陪在她的身旁,希望她能在某一刻睁开眼睛,给我一个机会来请求宽恕。我们两人关在一个布满医疗器械的小房间里,一个小电视屏显示出她

心指引的地方

的心还在跳,另一个则表明她的大脑几乎停止了运转。她的主治医生告诉我,有时候病人在听了他们以前爱听的声音之后病情会好转,于是我设法找到了她儿时就喜欢的歌带,用一个小放音机一连给她放上几个小时,这种方式应该是有效的,因为放了几个小时后,她脸部的表情就发生了变化,脸庞舒展开来,嘴唇开始像刚吮过奶的新生儿一般微微地嚅动着,就像一个满意的微笑。谁知道呢?也许在她大脑深处的一小块地方还保存着童年安然的回忆,而那一刻她就在那儿找到了避难的港湾。那小小的变化在我的心中注满了欢愉。碰到这种情况,人们总是抓住哪怕是一点点的希望。我不停地亲吻她的头,重复着:"宝贝,你一定要挺过去,我们还有一大段日子要在一起生活,我们要重新开始,用另一种方式。"这样对她说的时候,我的脑海中浮现出一幕情景:在她四五岁的时候,我看见她抱着她心爱的娃娃在花园里走来走去,边走边不停地对她的娃娃说话。我当时在厨房里,听不清她在说什么,但是她的笑声时不时传来,笑声响亮而欢乐。我对自己说,如果她曾经快乐过,那么她一定还能快乐。为了让她重生,我们就要从那里,从她的孩提时

心指引的地方

代开始。

当然，车祸一发生，医生们就对我说过，即使她侥幸能存活的话，她的状况也不可能恢复到从前了，她有可能瘫痪，甚至只有一部分身体有知觉。但你知道吗？母亲的私心使我只祈求她活下去，而怎样活着并不重要，相反，用轮椅推她、给她梳洗、喂食，把我的一生都用来照料她将是减轻我罪过的最好方法。如果我的爱足够真诚，足够伟大，我应该能挽回她的生命，然而最后事实证明有人比我更爱她：在第九天的黄昏，她脸上淡淡的笑意消失了，她停止了呼吸。我马上就发觉了，因为我就在她的身边，然而我没有马上通知值班护士，因为我想和她多待一会儿。我亲吻着她的脸，用我的双手紧握着她的手，就像她孩提时代那样。"宝贝，"我不断地重复着，"宝贝……"然后，我没有松开手，而是双膝跪倒在床脚，开始祈祷，祈祷着，我痛哭失声。

当护士把手搭在我的肩头时，我还在哭。"走吧，过来。"她对我说，"我给你一片镇静药。"镇静药我不要，我不要任何能减轻我的痛苦的东西，我在那儿，直到他们把她送往太平间，然后我乘出租车到寄养你的一位女友家。当晚你就在我家了。"妈妈在哪儿?"晚饭时你问我。"妈妈走了,"我于是对你说,"她去旅行了,很远,直到天国。"你垂下金黄色的小脑袋静静地吃着。刚吃完你就表情认真地问我:"外婆,我们可以同她告别吗?""当然,亲爱的。"我回答,然后抱着行李来到花园。我们在草坪上站了好久,而你向着星辰不断挥动着小手说:"再见,再见!"

心指引的地方

12月1日

这些日子我的情绪变得烦躁不安，我说不清这种焦灼从何而来，仿佛身体就是如此，自有它的平衡，而只要一点点外因，这种平衡就能被破坏。昨天早晨，拉兹曼太太买完东西顺便来看我的时候，见我脸色不好便说，在她看来是受了月亮的影响。事实上，昨夜恰巧是月圆，既然月亮能引起海潮的涨落，能使菜园里的苦苣长得更快，它当然也能影响我们的情绪，因为人赖以生存的也是水、空气、矿物质和其他一些元素。临走时，她给我留下一堆数目可观的旧杂志，所以整整一天我就在故事中恍惚而过。我每次都会上当，刚翻开的时候，我总是对自己说，好吧，我就翻一翻，不超过半小时，然后就开始做一些更正经、更重要的事，而每一次不读到最后一个字我总不会罢休。我为摩纳哥公主的不幸身亡而难过，为她的姐姐与平民之间的悲惨爱情而愤慨，任何详细报道的令人伤感的消息都让我心动，然后是那些信！那些主角的勇气真让我吃惊！我不是个固守传统、迂腐守旧的人，至少我自己不这么认为，然而我不否认有些所谓的前卫自由的确令我瞠目结舌。

今天气温进一步下降，我没有在花园里散步，因为我怕凛冽的寒风加上我心中的酷冷会把我像一根染霜的枯枝似的轻易折断。我不知道你是否还在读，如果你更了解我的一些话，你或许会拒绝往下念，然而在这紧要关头，我不允许自己背离，我不能就此搁笔，不能就此逃避。虽然这个秘密我保守了好多年，但现在我却不能了。我曾对你说过，最初看见你因为缺乏自我而迷惑的时候，我感受到的是更深的迷惑。我知道你缺乏自我的原因与你不知道谁是你的父亲紧紧地连在一起。我可以忍着悲伤告诉你，你的母亲去了哪儿，但我却无法回答关于你的父亲的问题。我怎么能够呢？我根本不知道他是谁。一个夏天依拉莉亚到土耳其做了一次长途旅行，回来的时候就已经怀孕了。她已经过了三十岁，女人到了那种年纪，如果还没有孩子，就会产生一种渴望，不惜

心指引的地方

任何代价想要一个,至于用什么方式,和谁,并不重要。

而且在那个时候,几乎所有的人都是女权主义者,你的母亲和她的一群女友形成了一个捍卫女权主义的社会圈子,她们提倡的东西中有许多是正确的,是能博得别人同感的东西。但也有牵强附会的成分,以及不健康和被扭曲的思想。其中之一即:女人完全是她们身体的主人,因此生不生孩子完全取决于她们。男人的存在只是生理的需要,因此他们只是生殖的工具。你的母亲并不是唯一这样做的人,她的另外几个女友也通过这种方式有了孩子。你知道,这并不是完全不可思议。创造生命的能力在某种意义上具有无上的权威。死亡、黑暗和一切变化无常的世事因此而远离,你把你的一部分重新注入世界,在这个生命的奇迹面前一切都显得无足轻重。

你的母亲和她的女友们以动物界的法则来支持她们的理论。"女人,"她们说道,"只有在结合时才与男人在一起,然后就分道扬镳,而孩子留在母亲身旁。"我无法肯定这是对或是错,但我知道我们是人,每个人都有一张脸,一张与别人不同的脸,这张脸我们要带着一生一世。印度羚生

心指引的地方

下来就是印度羚,狮子生下来就是狮子,它们与它们同一家族中的其他成员长得一样,在自然界中同类动物的外形是一样的,只有人才有一张各不相同的脸。脸,你懂吗?脸上有着一切,有你的故事,有你的父亲,你的母亲,你的祖父母和曾祖父母,甚至远房被遗忘的叔伯的痕迹。在那背后有你从你的先辈那儿继承来的品性,或好或坏。脸是我们的第一身份,它使我们能拥有生活并说:瞧,我在这儿。因为长到十三四岁的时候你就会默默地在镜子前坐上几个小时,我知道你在寻找的正是这个。当然你也关注着你脸上的青春痘和小黑点,或者突然觉得自己的鼻子好大,但你当然还看见了别的东西。除了母亲给你的脸部特征,你揣度着那个把你带到这个世界上的男子的相貌。你的母亲和她的女友们忽视的正是这一点:有一天,她们的孩子观察着镜子中的自己的时候,必然会发现在他们的生命中还有另一个人,而他们想知道关于这个人的一切,有的人甚至一生都在追寻他们的亲生父亲是谁。

依拉莉亚认为遗传学在人的生命进化中几乎无足轻重。对她而言,教育、环境、成长的方式才是举足轻重的东西。

心指引的地方

对她的观念我不敢苟同，就我而言，两者是并重的，环境一半，与生俱来的东西占另一半。

直到你上学之前这一直不是个问题，你从来没有问起过你的父亲，而我也提防着不向你提及他。一进小学门，你的伙伴们和你的老师提的问题马上使你意识到你的生命中一直缺少着什么东西。当然，在你的班上有好多孩子的父母分居，或以别的形式不正常地居住在一起，但没有一个人在提起自己的父亲时是像你一般的一片空白。当你只有六七岁的时候，我又怎样来向你解释你母亲的作为呢？再说，除了你母亲是在土耳其怀上你之外，我对此也是一无所知。这样，为了编一个略微可信的故事，我抓住了唯一真实的线索——你的出生地。

我买了一本东方的童话，每天晚上给你念一个故事，根据这些，我编了一个有关你身世的童话，你还记得吗？你的父亲和母亲分别是两个伊斯兰教国家的王子和公主，同所有王子和公主一样他们之间有着生死不渝的爱情。当时宫廷中有许多人忌妒他们的爱情，尤其是一个叫大维西尔的有权有势的坏人。正是他给公主和她襁褓中的婴儿施了巫术。幸亏

心指引的地方

一个忠实的仆人及时通知了王子,公主才得以乘着夜色,乔装成农妇,逃离城堡,藏身于这个你一睁眼就看到的城市。

"我是王子的女儿?"你于是问我,两眼中溢满了惊喜。"当然,"我说,"不过这是个极其重大的机密,你不能告诉任何人。"我想通过这个离奇的故事得到些什么呢?不,我决不奢求什么,我只是希望它能再给你带来几年平静的生活。我知道有一天你会不再相信我愚蠢的神话,我也知道有一天你可能会开始憎恨我。然而我却不得不这样对你说,即使鼓起我心中本不多的所有的勇气,我也不敢对你说:"我不知道谁是你的父亲,或许连你母亲也不知道。"

那是一个提倡性解放的时代,性生活被看作是人体的正常功能,只要愿意就可以做爱,今天和这个,明天和另一个。我见过你母亲身边曾有几个年轻人,而她和他们的关系没有一个超过一个月。依拉莉亚情绪的变化无常使她用情不专的程度往往超过他人。虽然我从没有阻止过她,也不曾以某种形式批评过她,但我对这种突如其来崇尚自由的时尚却非常不安。不仅仅因为性爱泛滥,更为了感情的日趋贫乏。当禁果不再称为禁果,人们也不再推崇忠贞不渝之后,真情也不复存在了。在我看来,依拉莉亚和她的女友们就像是欢宴上的一群客人,苦于伤风鼻塞,又不能失礼,被迫不辨滋味地把主人奉上的食品通通吞下:不管是胡萝卜、烤肉还是甜馅饼,对他们来说都是一样的味道。

性解放的潮流对你母亲的影响是不容置疑的,但或许还有什么别的东西使她做出这样的选择。我们对我们大脑的运转功能又有多少了解呢?很多,但不是全部,在她大脑深处的无意识部分,是否凭直觉将那个男人当作了她的父亲?这一点谁也无从证明。也许很多不安、很多变化无常都来自这一点。从童年到成年,她从未向我提过这个问题,我让她成长的伪装环境是完美无缺的,然而当她旅行归来,怀着三个月的身孕,一切重又在我的心中出现。谁也不能逃避虚伪,逃避谎言。或者说,只能逃避一时,然而当你已忘却它们的时候,某一刻它们又重新露面,而这时它们已不像当初那么容易驾驭,那样貌似无辜了。在那段不为人所注意的长长岁月里,它们已经变成可怕的怪物、无所不食的魔鬼。你发现,在一瞬间里你已经被它们制服,它们正以极度的凶残与贪婪要把你和周围的一切吞噬。你十岁的一天,哭着从学校回来。"你说谎!"你对我说,然后就把自己关在房间,你终于发现了童话的谎言。

"说谎的人"可以作为我的自传的标题,从小到我只说过一个谎言。然而,这个谎言毁了三条生命。

心指引的地方

12月4日

  百舌鸟还在我面前的桌上，但胃口已没有前几天那么好了。也不再不停地叫唤我，而是留在原地，连头也不从纸盒里伸出来，而我只能看见它头顶上的羽毛。今天早晨尽管天气相当寒冷，我还是跟拉兹曼夫妇一起去了苗圃。起先我一直犹豫不决，天气冷得连熊都望而却步，更重要的是在我心里，一个声音在对我说："再种一些花对你而言又有什么意义呢？"但止当我拨着拉兹曼家的电话准备取消约会时，我看见花园中一片荒芜，我马上为我的自私悔恨起来。也许我再也看不到另一个春天了，但你却一定能见到的。

  这些日子我是多么烦躁不安哪！不给你写信的时候，我从这个屋子走到那个屋子，却哪里都找不到平静，更不能使我从伤感的回忆中得到片刻的解脱。我觉得记忆的功能有点

心指引的地方

像一只冷藏箱,你还记得在冷藏箱里储存了很久的食物拿出来的样子吗?起初硬得像块方砖,没有气味也没有味道,上面覆盖着一层白霜,然而一旦你把它放到火上烤,慢慢地它就恢复了原来的形状和色泽,使厨房里充满了食物的芳香。悲伤的回忆就是这样,不管它们在记忆的某个洞穴中沉睡了多么久,几年、几十年甚至整个一生,某一天它们又会浮到表面,而伴随着它们的痛楚也重新为人所感知,强烈的刺痛一如既往。

我在向你叙述我的故事、我的秘密。故事要从头讲起,从我年轻时代的那一段不太规则的离群索居的生活讲起,我就那样长大,并继续着我的生活。在我生活的那个年代里,聪颖对一个女人的婚姻来说是一种极为不幸的天赋,传统的女人应该是一头恭顺的墨守成规的母畜。一个爱提问题的女人或是一个好奇的、不守本分的妻子将遭人唾弃。因此我年轻时代的寂寞是可想而知的。说真的,在我十八九岁的时候,因为我长得可爱,家境也相当富裕,我的周围有一大群追求者。然而一旦我表明我善于表达思想,一旦我向他们敞开一颗敏感、富有思想的心,我的身边便空无一人了,当然我也可以保持沉默并把我真实的一面隐藏起来,但可惜的是,尽管我受了那样的教育,我的心灵并没有完全被扼杀,而它拒绝接受虚伪。

上完高中之后,由于父亲的反对,我没有继续上学,学业的中断对我而言是相当痛苦的。正因为这个我才渴望知识。如果有一个年轻人说他是学医的,我会缠着他问这问那。对待未来的工程师、律师,我的好奇心也同样旺盛。我的行为把他们给弄糊涂了,因为看起来我似乎对他们从事的工作感兴趣而不是对他们的人,而事实上也许正是这样。当我与我的女友或是学校的女同学谈话的时候,我有一种感觉:仿佛我们属于两个世界,而这两个世界之间隔着好几个光年的距离。我们之间最显著的区别在于:我对女性的狡黠一无所知,而她们却个个是高手。在表面的傲慢自信之后,男人们实际上是极度天真脆弱的;在他们的内心有些杠杆构造非常原始而不堪一击,只要轻轻一按,就可以把它们像扔进油锅的煎鱼一般击溃。这一点我直至很晚才意识到,而我的女伴们则在十五六岁的时候就已经懂得了。

她们用女孩的天性接受小纸条或拒绝它们,用这样或那样的口气写情书,订下约会的时间后不去或去得很晚,跳舞的时候,她们看似不经意地用身体的敏感部位与对方接触,接触的时候两眼死死盯住对方,并带着母鹿般惊狂的神情。这就是女性的狡黠,用这种献媚的方式,她们把男人们引上钩。然而我,你知道我就像只土豆,对周围发生的一切一无所知,这在你看来或许很奇怪,然而我的心中却始终怀抱着一种真诚,它使我拒绝欺骗男人。我想象着有一天我会遇到一个男子,而我和他能谈到深夜彼此都不感到疲倦,谈着谈着我们将发觉我们看问题的方式和情感是相通的,于是就萌生了爱情。这是一种建立在友谊和尊重的基础上的爱情,而不仅仅是建立在双方肉体吸引上的爱情。

我渴望一种充满柔情蜜意的友情,在这一点上我带有男性化的固执。当然这种男性化是从古典的意义上来说的,也许,正是这种对平等关系的追求使我的追求者们望而却步。这样,慢慢地我的名字就沦落到与那些嫁不出去的丑姑娘为伍了。我有许多朋友,然而只是单纯的友情,他们到我跟前来只是为了倾诉爱情的痛苦。一个接着一个,我的女友们都结婚了。在我的生命里有一段时间,我觉得自己什么也没做，先是不停地参加婚礼，接着我的同龄人的孩子们出生了，而我却总是未婚的姨妈。我和我的父母住在一起，而他们几乎开始听任我留在闺中做个老处女了。对于他们来说，显然我与异性交往的失利该归咎于我古怪的性情。我为此而感到遗憾吗？我不知道。

事实上，我的内心并不十分渴望家庭。我对生孩子的念头缺乏信心。孩提时代受的伤痛，使我不忍心把一个天真无邪的孩子带到世上让他受苦。另外，虽然生活在家里，我却完全是独立的，我一天中所有的时间都由我支配。为了赚一点钱，我给人补希腊语和拉丁语课，它们是我最喜欢的课程。除了这些，我还有别的事可做，我可以整个下午泡在图书馆里，而用不着牵挂别人或者在任何我愿意的时候上山去散步。

总之，我的生活与其他女人相比有着更多的自由，而我也很害怕失去这种自由，然而所有这些自由，这种表面的幸福，随着时间的流逝显得越来越虚假和勉强。孤独，最初在我看来是一种优越，但渐渐的我开始感到了沉重，我的父母们逐渐老去，我的父亲因为中风而行动不便，每天我搀扶着他去买报纸,那时候我已经有二十七八岁了,看到镜中映出我和他的影像。蓦然,我觉得自己也老了,我懂得了我的路将会走向何方。不久我的父亲将会死去,紧接着是我的母亲,我将一个人留在这幢满是书的大房子里,为了消磨时光我会开始刺绣或者画水彩画,而岁月将年复一年地从我身后流逝。直到有一天,某人因为好几天没有看见我而担心,叫来了消防队员,消防队员撬开门会发现我躺在地板上,我就这样死了,而我留在这个世界上的东西与一些虫子死后留在地上的干枯的骨架没有什么区别。

我感到我作为女人的身躯还没有开花就开始枯萎了,这使我非常伤心。然后我感到孤独,非常的孤独。从我降临到这个世上,我还从未和一个人交谈过,我指的是推心置腹的交谈。当然我很聪明,我看过很多书,就像我父亲后来带着一丝自豪说的那样:"奥尔加不会结婚,因为她太有头脑了。"而所有这些所谓的聪明却不能带给我什么,我没有能力进行一次伟大的旅行,也不能对某些东西作深层次的研究,我觉得是没有上过大学剥夺了我这方面的能力,而事实上我没有办法利用我的天赋的原因并不在于此。事实上谢里

心指引的地方

曼是靠自学发现了特洛伊的,不是吗?阻止我的是另外一样东西,即那个在我的内心死去的小东西,你还记得吗?是它抓着我,阻止我向前,我停留在原地等待,等什么?我一点都不知道。

奥古斯托第一次来我家的那天下了雪。我记得是因为在这一带难得下雪,而且也因为这场雪,那天来吃午饭的客人迟到了。奥古斯托和我的父亲一样从事咖啡出口业,他来的里雅斯特是商谈关于我们企业的事。我的父亲没有儿子,所以在中风之后就决定从烦琐的公司事务中解脱出来,安度晚年。第一次接触后奥古斯托给我留下了极差的印象。他来自意大利,就像我们那边常说的那样,带着所有意大利人都有的令人恼火的矫揉造作。奇怪的是,那些在我们的生命中占有重要位置的人,在第一次见面时往往一点都不讨人喜欢。午饭后,我父亲去休息了,我被留在那儿陪伴客人,直到他告辞去乘火车为止。我厌倦极了,在那一个小时或更长些的时间里我对他的言行近乎无礼。对他的每个问题我都只回答一个音节,如果他保持沉默,那么我也不说话,在门口,他对我说:"那么,小姐,再见。"我远远地向他伸出手,保持的距离就像一个高贵的女人对待一个出身低微的男子那样。

"就一个意大利人而言,奥古斯托先生还是挺招人喜欢的。"当天晚上吃晚饭时,我的父亲对母亲说。"是个老实人,"我的母亲搭腔,"而且对业务相当精通。"你猜猜这时候发生了什么事?我的舌头竟自说自话起来:"而且他的手上没戴结婚钻戒!"我突然兴奋地感叹,当我的父亲说,"唉,事实上,那个可怜的人是个鳏夫。"我已经面红耳赤,恨不得有个地洞钻下去。

两天后,上课回来,我在门口发现一个锡纸包装的包裹。这是我生命中得到的第一个包裹,我猜不出是谁给我寄来的,里面有张纸条:"你尝过这些甜食吗?"落款是奥古斯托。

是夜,看着摆在床头柜上的这些甜食,我失眠了。他可能是出于对父亲的礼貌才送的,我对自己说,而另一方面我又忍不住一块又一块地吃着那蛋白杏仁甜饼。三个星期后,他回到的里雅斯特。"是公事。"午饭的时候他说,然而他

心指引的地方

没有像上次那样马上走,而是在城里逗留了一阵,临走前,他请求父亲允许我陪他坐车转一圈,父亲甚至没有征求我的意见就同意了。整个下午,我们就在城里兜风,他话很少,只是问我一些关于名胜古迹的事,然后就静静地听我说。这对我而言真是个奇迹。

他走的那天早晨派人给我送来一束红玫瑰,我的母亲兴奋极了,而我装得若无其事,等了好几个钟头才展开他的便条。不久,他的拜访变成每个星期了,每个星期六都到的里雅斯特来,而星期日又回到他的城市去。你还记得小王子为了收养狐狸所做的事吗?每一天他都守候在它的洞前等它出来,狐狸就这样慢慢地认识了他,也不再怕他了。不仅如此,而且狐狸一见到与它的小朋友有关的事就变得非常激动。同样道理,等着等着我也往往在星期四就开始紧张了,奥古斯托收买我心的过程已经开始了。这样整整一个月我的生活就围着等待周末转。不久我们之间产生了一种强烈的信任,对他终于可以畅所欲言,他欣赏我的聪明和旺盛的求知欲,而我则喜欢他的沉稳,他的善于倾听以及一个成熟的男人能够给一个年轻女人的安全感。

心指引的地方

1940年6月1日,我们结婚了,婚礼很简朴。十天后意大利参战了,为了安全起见,我的母亲甚至躲进了威尼托①的山里,而我和我的丈夫去了拉奎拉②。

你对那个年代的了解仅仅局限于一些书本知识,你学过那段历史,却没有真正在其中生活过,你也许觉得奇怪,因为对那个时代的所有的悲剧,我一点也没有提及。那时候有法西斯主义,有种族主义政策,还爆发了世界大战,而我却只是不停地叙述着我个人的不幸以及我心灵间点点滴滴的变化。但不要以为只有我才是这样的。事实上除了一小股政治狂热分子,我们这个城市中的每一个人都像我一样。比如我的父亲,把法西斯主义看作是种可笑的行为。在家里,他骂墨索里尼是"傻瓜复仇者"。然而,他却与法西斯们共进晚餐,而且常常聊到深夜。同样我也觉得去赴"意大利周末"以及穿着寡妇般的服装在街头游行和歌唱是极其荒唐讨厌的事,然而我还是去了,并把它们看作为了平平静静地生活而

---

① 威尼托,意大利北部和东北部大区。
② 拉奎拉,意大利中部城市。

心指引的地方

必须容忍的麻烦。这样做当然算不上伟大,却是平常人的行为,安安静静地活着是人最大的愿望之一,这在过去是这样,或许现在也是如此。

在拉奎拉,我们住在奥古斯托的家里,这是一套很大的底层公寓,一幢属于市中心贵族的楼房。家中的陈设颜色很深,家具笨重,光线微弱,给人一种不祥的感觉。一进屋我的心就收紧了,我自问:这就是在这个我举目无亲的城市里,与一个我才相识了六个月的男人将要共同生活的地方吗?我丈夫马上察觉到我的失落感,因此在最初的几个星期里他竭尽全力帮助我排遣心中的郁闷。他隔日开车带我出去,我们在附近的山上长时间的散步。远足是我们两个人的共同爱好,望着那些美丽的群山以及山顶上隐约可见的村庄,我这才稍稍得到安慰,这一切使我觉得我并没有离开北方,并没有离开我的家。我们连续做着愉快的长谈。奥古斯托热爱自然,尤其是昆虫,他一边散步,一边给我解释很多东西,我所得到的大部分自然科学方面的知识都要归功于他。

这两个星期的结束,意味着我们的蜜月旅行也告终了,

心指引的地方

奥古斯托重又开始他的工作，而我也开始了一个人在一幢大房子里孤独的主妇生活。和我在一起的还有一个老女仆，是她操持着大部分的家务。和所有资本家的妻子一样，我只要布置一下午餐和晚餐，其他就没有什么可做的了。我养成了每天出门长时间散步的习惯，我迈着焦躁的步子在街上来来回回地走，心头有千头万绪，却无法理清。"我爱他吗？或者一切都是混沌不清？"我会突然停下来问自己，当我们一起坐在饭桌边或晚上一起待在起居室里的时候，我望着他，问自己："我感受到了什么？"我感受到了他的温柔，这是无疑的，他也一定从我身上感受到了。然而这就是爱情吗？爱的含义就仅于此吗？从他的身上我从来也没有体验到别的感受，因此我无法回答自己。

一个月之后，开始有一些谣言传到我丈夫的耳中。"那个德国女人，"那些匿名的声音说，"整天都是一个人在街上闲逛。"我震惊了。从小在另外一种环境中长大，我从来没有想到过这种无辜的散步会变成丑闻。奥古斯托感到遗憾，他明白这样的事在我而言很难理解，然而为了封住那些长舌妇的嘴，为了保全他的名誉，他请求我不要再一个人出

心指引的地方

门。就这样过了半年之后,我觉得自己整个儿枯萎了。我的内心死去的那个小东西变得越来越大,我的眼睛黯然无光,我的行动像个机器人。当我说话的时候,我觉得那些遥远的声音好像是从另一张嘴里发出的。在那段时间里,我结识了奥古斯托同仁们的妻子,而每逢星期四我们就在市中心的咖啡店里碰头。

虽然我们差不多是同龄人,却很少有共同语言,我们讲同一种语言,而这也许是我们唯一相同的地方。

回到他的生活天地之后不久,奥古斯托的行为就变得和他们那边的男人没有什么两样了。吃午饭的时候,我们几乎不说什么话,当我努力想对他说什么的时候,他回答我的都是单音节的"是"或者"不"。而晚上他常常出去交际,他最大的梦想就是发现一种还不为人知的虫子,这样他的名字就可以永远留在那些科学书籍里了。而我要把我的名字用另一种方式传下去,那就是有一个孩子,那时我已经三十岁了,我感到时光流逝得越来越快。而从这个角度来看,事情进展得很糟。新婚之夜的事很令人扫兴,而以后几乎没发生过什么。我有一种感觉,那就是奥古斯托只不过希望在吃饭的时候有一个人在家里陪着他，希望星期日在教堂里能怀着炫耀的心情来展示他的妻子，而那个安静、相貌出众的真实的人对他而言却根本无关紧要。那个求爱时什么事都愿为你做的令人愉快的男子到哪里去了呢？难道爱情就是以这种方式终结的吗？奥古斯托曾对我讲过鸟儿们的事，他说鸟儿们春天里歌唱更起劲，目的是为了吸引雌鸟，为了引诱雌鸟来与它们一起筑巢。他所做的事与鸟儿们没有什么区别，一旦我在他的巢中定居下来，他就不再注意到我的存在，我住在那儿能照顾他的冷暖这就够了。

我恨他吗？不，也许你会觉得奇怪，但我无法恨他。只有一个人使你受伤，对你做了不该做的事，你才会恨他。奥古斯托对我什么也没做，这也是症结之所在。无疾而终比受了伤再死要更容易，因为受了伤你可以反抗，而对于虚无你什么也不能做。

接到父母的来信，我当然回答说一切都好，我努力做出一个年轻快乐的新娘该有的样子。他们深信自己把女儿托付给了一个可靠的人，而我总不愿意破坏他们的信念。我的母亲一直躲在山里，而父亲独自一人居住在自家的别墅里，只

心指引的地方

有一位远房的表姐照顾他。"有喜了吗?"每月来信他都要问我,而我总是回答"没有""还没有"。父亲非常想要一个外孙,随着身体的日益衰老,他的心中逐渐产生出一种从未有过的温柔。这种变化把我们之间的距离拉近了些,虽然我很不忍心使他失望,然而同时我对他的信任又不足以使我把我不孕的事实告诉他。我的母亲总是给我寄来一封封堆砌着辞藻的长信。"我最亲爱的女儿。"她总是在信的一开头写道,然后详细地把那一天发生的事一件件列举出来,最后总是就关于她未来的外孙的事对我严加盘问。而我蜷缩在自己的小圈子里,每日清晨我对着镜子,都发觉自己比前一天又丑陋了几分。晚上我时不时会问奥古斯托:"为什么我们不再交谈了呢?"谈什么?"回答的时候他正在观察他的昆虫,甚至连眼睛都没有从显微镜上抬起来。"不知道,"我说,"至少可以相互谈一些事情。"于是他摇头。"奥尔加,"他说,"你的想象力太丰富了。"

我们都知道一只狗在长期与主人共同生活之后会越来越像他的主人。我觉得这对我的丈夫也同样适用。他与他的昆虫待在一起的时间越久,生活习性从里到外就越像一只昆虫。他的动作不再像一个人，不再是活动的，而是符合几何规律的，他的每个动作都像是跳跃式的。慢慢地他的声音不再富于音色，而是从喉咙的某个部位发出的金属般的声音。他对他的昆虫和他的工作的热情简直到了痴迷的程度，除此以外再也没有任何东西能使他产生一点点激情。一次他用镊子夹着一只可怕的昆虫给我看，我记得它好像叫欧洲蝼蛄。"看它的下颌骨，"他对我说，"这东西简直可以吃掉一切。"当天晚上我梦见那个虫子变得无比巨大，毫不留情地噬咬着我的婚纱，仿佛它是纸做的。

一年之后，我们就分房睡了，他摆弄他的昆虫要很晚才睡，说不愿意打扰我，至少他是这么说的。我这样谈我的婚姻你也许觉得奇怪而可怕，而事实上没什么可奇怪的。那个时代的婚姻几乎全是这样，是一个个以家庭面目出现的小小地狱，在这地狱中迟早有一天两个人中的一个会屈服。

为什么我不反抗，为什么我不提起箱子回的里雅斯特去？

因为那时候我们既没有分居也没有离婚。要结束一段婚姻除非一方受到严重的虐待，或者一方有叛逆的性格决定逃离，然后永远在世上流浪。但是你知道叛逆不是我性格中的

心指引的地方

一部分，而奥古斯托连对我说句重话，动我一根手指都没有过。物质上他从未让我缺少什么。每个星期日，做完弥撒回来，我们总会在努尔齐亚兄弟俩开的点心铺停一下，我可以随心所欲地买任何我想要的东西。你不难想象每天早晨我醒来时的感觉。三年的婚姻生活后，我的心里只有一种想法，那就是死。

奥古斯托从不提起他的前妻，偶尔我小心翼翼地问他，他就改变话题。随着时间的流逝，冬日的午后，当我徘徊在那些阴暗的房间里的时候，我深信阿达——他的前妻，不是病死或遭遇了什么不幸，而是自杀的。当女仆出门的时候，我就把时间花在拧松螺丝，即拆卸箱子上，我焦躁地寻找着可以证明我的怀疑的线索和证据。一个雨天，在大衣橱的底层，我找到一些女人的衣服，是她的。我抽出一件深色的穿上，大小正合适。望着镜子里的我，我开始哭。我低声哭着，没有一声抽泣，就像一个预知了自己未来命运的人那样。

在屋子的一个角落里，有一个实心的木跪凳，它属于奥古斯托的母亲，她是个非常虔诚的人。当我茫然无措时，我就把自己关在那间屋子里，合掌在那儿跪上几个小时。我在祈祷吗？我不知道。我自言自语，我和假设中高高在上的上帝对话。我说，主啊，让我找到我的生活之路吧！如果这就是我的生活之路那么请帮助我忍受它吧！为了尽一个妻子的义务，我必须经常去教堂，这一使命使我在童年时代就埋藏在心中的许多问题又死灰复燃。教堂里的香气和烟雾使我头晕目眩，管风琴的音乐也让我昏昏沉沉。听着那些神圣的篇章，有些东西在我的内心微微颤动。然而当我在路上遇到脱去祭司袍的祭司，当我看到他海绵状的鼻子和猪一般的小眼睛时，当我听到他平庸而虚伪的问语时，再没有什么东西在我的内心颤动，我对自己说，这只是个骗局而已，这一切的存在是为了使那些脆弱的灵魂能寻求到一条出路来容忍他们生活中所感受到的压抑。尽管如此，一个人静静地待在家里的时候，我喜欢读福音书，耶稣的许多话是这样充满睿智，高声诵读它们的时候，我的心中充满了激情。

在我的家庭里根本没有什么宗教氛围，我的父亲把自己看作一个自由思想者，而我的母亲虽然在她祖辈那一代已皈依了天主教，她去做弥撒却纯粹是单纯的随波逐流。偶尔几

心指引的地方

次我向她询问信仰的问题,她回答说:"我不知道。我们家里没有信仰。"没有信仰,这句话像巨石一般压在我幼小的心灵上,而当时的我已经在询问自己一些大是大非的问题了。这些话中有一个可耻的烙印,我们为了另一种信仰而抛弃了原有的信仰,而从后来者中又没有吸取到任何养分,对它甚至没有一丝崇敬。我们是叛徒,就像一切人眼中的叛徒一样,既不能在天国,也不能在地狱找到位置,任何地方都没有他们的位置。

除了从修女们那儿学到的一些皮毛之外,我对宗教的认识还是知之甚少。"上帝在我们心中。"我一边在空荡荡的家里踱步,一边不断地对自己重复着。这样对自己说的时候,我努力揣度着上帝的位置。我看见我的眼睛像一台潜望镜转向自己的内心,仔细观察着身体的每一个角角落落,甚至最深邃、最神秘的弯道也不放过。上帝的世界在哪儿?我看不到它,我的心被层层浓雾笼罩着,透过浓雾,我隐约看到有绿色灯光缭绕的丘陵,我猜想这就是天堂。清醒的时候,我对自己说我正在慢慢发疯,就像所有的寡妇和老处女一样,慢慢地不为人所察觉地陷入一种精神崩溃状态。过了四年这样的生活之后,我觉得要把虚伪的东西与真理分清楚越来越难了。附近大教堂钟楼上的钟每隔一刻钟就报一次时,为了不听见钟声或少听见一些,我甚至用棉花塞住耳朵。

一种幻觉缠绕着我:奥古斯托的虫子不是死的,而是活的,晚上我听见它们在家里窸窸窣窣爬动的声音,它们到处乱爬,在墙纸和厨房的瓷砖上尖叫,在客厅的地毯上来回踱步。躺在床上,我屏住呼吸等待着它们从门底下的缝隙里爬进我的房间,而在奥古斯托面前我竭力掩饰着自己的这种状态。早晨,唇边挂着微笑的我给他讲中午的菜谱,然后我就一直保持着我的笑容,直到他出门。同样,用这种一成不变的笑容我把他迎进门。

就像我的婚姻一样,战争也进入了它的第五个年头,那年2月,战火烧到了的里雅斯特,的里雅斯特遭到轰炸。在最后一次进攻中,我童年时代的家园整个儿被摧毁了,所幸的是唯一的牺牲品是那匹拉我父亲双轮马车的马。我们在花园的废墟中发现了它,它被炸断了两条腿。

那时候没有电视,消息传播得较慢。所以我在一天后接

心指引的地方

到了父亲的电话才知道家被毁了。一听到他的"喂",我就知道一定发生了什么严重的事,他的声音就像刚刚濒临死亡的人一样,再也没有一个地方可回去的感觉使我失魄落魂。接下来的两三天我心急火燎地在家里走来走去,就像热锅上的蚂蚁,没有任何东西能使我从麻木中摆脱出来,我看到的唯一的东西就是我的生命正一年一年地接近死亡。

你知道这就是人们常犯的错误吗?人们总以为生活是一成不变的,一旦进入一个轨道就必须一直走到底。而主宰我们命运的人要比我们更富有想象力。正当你感到走投无路的时候,正当你万念俱灰的时候,蓦然间,一阵风似的,一切都改变了,转眼间你发现你有了新生。

家里遭到轰炸的两个月后,战争结束了,我马上赶到的里雅斯特,我的父母已经搬到了一座临时公寓与其他人合住。那里有这么多实际问题要处理,以至于一个星期之后,我就几乎把在拉奎拉度过的那几年日子给忘了。一个月之后,奥古斯托也来了。他要使从我父亲手里买来的企业重新运转,那几年由于战争,工厂几乎倒闭了。再说,我的父母已经无家可归,他们也确实老了,需要人照顾,奥古斯

心指引的地方

托以令人吃惊的速度决定离开他的城市，移居到的里雅斯特来，他在高原上买了一所小别墅，秋天之前我们就都住在一起了。

出乎我们的预料，我的母亲先离我们而去，初夏时节她就去世了。她的固执和刚毅在那段日子里由于孤独和担惊受怕慢慢地被削弱。她的死使我心中要一个孩子的念头重新变得非常强烈，我重新又和奥古斯托睡在一起，尽管晚上我们之间很少发生什么。我的大多数时间都是坐在花园里陪伴我的父亲。正是他，在一个阳光灿烂的午后对我说："对于肝和女人，温泉可以创造奇迹。"

两个星期后，奥古斯托把我送上了开往威尼斯的火车，早晨稍晚些时候，在那儿我将转乘另一辆去博洛尼亚[①]的火车，然后再转一次车，近傍晚的时候我就可以到达波雷塔泰尔梅[②]了。说实话，我对温泉的效用并不抱多少信心，我之所以决定去，主要是因为想承受寂寞，我想换一种方式独

[①] 意大利北部城市。
[②] 距博洛尼亚不远的小城。

处，那几年我受够了。我内心的每一部分都死了，我就像一块失火后的草坪，一片焦黑。只有阳光、雨露、新鲜湿润的空气才能使枯草底下的一点点残绿慢慢地、慢慢地恢复活力与生机。

心指引的地方

12月10日

你走以后我就不再读报了，因为再没有人去给我买报。起初我很不习惯，慢慢地没有读报反而使我感到轻松。我于是想起了伊萨克·辛格父亲的话。他说在所有现代人的习惯中，读日报是最糟糕的习惯之一。清晨，当一个人的脑子最清醒的时候，却把这个世界前一天制造的一切新闻垃圾一股脑儿地塞进脑子，在他那个时代不读报就可以把自己从这些纷繁中解脱出来，而在今天可办不到；我们还有收音机、电视，只要一打开它们，那些不愉快的东西就会渗透我们的生活，进入我们的心灵。

今天早晨就是这样。我穿衣服的时候，从当地新闻中听到他们已同意难民群越过国界。播音员说难民们已在那儿待了四天，官方不允许他们前进，他们也无法后退。船上有老人、病人、单身女人和孩子。又说第一部分人已到达红十字区,并得到了慰问品。战争刚刚开始,又如此切近,在我的心中激起了深深的不安,从它爆发之际,我就一直觉得如芒在背。这是一种平庸的想象,然而在想象之后却能感觉到情感的冲击。一年之后,伤痛变成了义愤,没有任何人干涉并制止这场大屠杀的事实使我不堪忍受,但我只能设法宽慰自己:"那儿没有油井,只有石山。"义愤随着时间变成了怒火,怒火在心中燃烧,就像一条顽固不化的蛀虫一样折磨着我。

到了我这个年龄,战争依然使我震惊,在旁人看来也许是荒唐可笑的。在世界的另一头,每天都在进行着几十次战争,人到了八十岁,心早该磨出茧子来,对此也应该习惯了。从我出生的那一天起,卡尔索①茂密的黄草就被难民、凯旋的军队或溃散的士兵们践踏:起先是大战中步兵的军用列车及他们高原上的炮击,然后是俄国和希腊兵团中幸存者的游行,法西斯纳粹的屠杀,山洞中的洗劫。而现在边境上

---

① 卡尔索,南斯拉夫西北和意大利交界处。

心指引的地方

又一次硝烟四起，这些无辜的人们从巴尔干半岛出逃。

几年以前，当我乘火车从的里雅斯特去威尼斯的时候，同一节车厢中也有这么一个"传播媒介"。那是一位比我年轻的女士，戴着蛋糕状的小帽子，我当然不知道她是这样一个"传播媒介"，直到她和她的邻座开始谈话。

"您知道吗？"在我们经过岩溶高原的时候她对她的邻座说："如果我在这上面走，我会听见许多死人的哭声，这哭声只要我走两步就可以把我震聋。所有的死者都在凄惨地喊叫，越是年轻的，叫得越响。"然后她向她的邻座解释说，所有发生过暴力的地方，大气里总残留着一股怒气：空气变得污浊，稀薄，这种污浊与其说是死者要求报复的怨气，倒不如说激起了一种神秘的情感，竭力怂恿着别的暴力行为的发生。总之，洒过鲜血的地方还将一次又一次地洒上鲜血，"土地，""传播媒介"最后说，"就像一个吸血鬼，才吸过就又渴望新鲜的血，而且胃口越来越大。"

多年以来，我一直在问自己，我们所居住的地方是不是灾祸与不幸的源头，我不断地问自己却总是得不到答复，你

心指引的地方

还记得多少次我们一起登上蒙鲁皮诺城堡[①]吗?在布拉风呼啸的季节里,我们一起花上数小时观察山中的景色,这有些像乘飞机俯瞰。视角旋转360度,我们比赛看谁先辨认出白云石山[②]的某个山顶,看谁先找到威尼斯朱利亚区的格拉多,现在对我而言,再登一次蒙鲁皮诺城堡实际上已经不可能了,但只要闭上眼睛就可以看见往日的风景。

感谢记忆的魔法,使我仿佛站在城堡的平台上,身前身后景色依旧,甚至风声以及各个季节特有的气味都清晰可辨。站在那儿,我看见岁月侵蚀过后的石灰岩桥墩,我看见装甲车碾过后的片片荒芜,我看见深色的意大利海洋涌入蔚蓝的海长城,所有这些,我无数次自问:如果有不和谐的东西在其中,那它是什么?

我爱这片景色,也许就是这种爱使我无法解决这个问题,唯一让我确信无疑的是这片土地的外观景象对当地人的性格的影响。如果说你我的性格中都时常会表现出某种生硬

[①] 蒙鲁皮诺城堡,位于的里雅斯特附近的一个小镇。
[②] 白云石山,位于阿尔卑斯山东部。

和粗暴的话，则要归咎于卡尔索，归咎于它的风化、它的色泽以及它呼啸的风。也许如果我们出生在翁布里亚①的丘陵地带，我们的性格会更柔和一些，急剧的冲突也不会属于我们性格范围？我不知道，我无法对各种假设的情况加以猜测想象。

然而今天发生了一件不幸的事，早晨我来到厨房的时候就发现百舌鸟死在碎布条中，这两天它有生病的征兆，吃得很少，不喂食的时候就常常昏睡。它大概是天亮前不久死的，当我把它捧在手里的时候，它的脑袋耷拉着，晃来晃去，仿佛里面的弹簧发条断了。它是如此轻盈、柔弱，身体如此冰冷。我轻抚着它，然后把它包在一件旧衣服里，我想给它一点温暖，外面飘着雨夹雪。我把布克关在一间屋子里，走出了家门。要我拿起铁锹来挖地我已力不从心，于是我选择了花坛，因为那里的土比较松软。我用脚踩出一条沟，然后把百舌鸟放在里面，重又盖上土，回屋之前我重复了每一次我们埋葬小鸟时读的那段悼词："上帝，请收容这

---

① 翁布里亚，意大利中部大区。

个可怜的小生命吧!就像你收容其他生命一样。"

你还记得在你小时候,我们一起救过多少小鸟儿,使它们重返天空吗?每次大风之后,我们总能找到一只受伤的小东西。有苍头燕雀、山雀、麻雀、百舌鸟,有一次甚至是一只红交嘴雀。我们尽我们的一切努力使它们恢复健康,但我们的精心呵护却常常徒劳无功。往往是几天后,毫无预兆地发现它们死了。于是这一天总让人十分伤感。即使在这样的事已发生了好多次之后,你依然会情绪低落。每次为它们举行过葬礼之后,你就用手掌抹干鼻子和眼睛,然后把自己关在你的房间里"寻找空间"。

一天你问我怎样才能找到你的母亲,你说天国这么大,一个人很容易迷失自己。我说天堂就像一棵大树,每个人在上面都有一个房间,在那间房间里,所有相爱的人们死后就重新住在一起,并且直到永远。我的解释使你稍感安慰,直到你的第四条或者第五条鱼死后,你才又跑来问我:"那如果没有空间了呢?""如果没有空间了,"我回答说,"就必须闭上眼睛,说上一分钟'扩展空间'。于是房间就一下子变大了。"

心指引的地方

在你心中还保存着这些童年的记忆吗？抑或你的盔甲早已把它们驱逐流放了？我只在今天埋葬百舌鸟的时候才想起来"扩展空间"，多么神奇的魔法！你的房间里因为有了你的妈妈、仓鼠、麻雀、金鱼们之后，已经拥挤得像体育场的阶梯座位了。不久我也将去了，你愿意我住在你的房间还是让我在附近租一间呢？我可以邀请我爱的第一个男人同住吗？我终于可以让你结识你亲生的外祖父了。

在那个九月的傍晚，下了火车在波雷塔车站，我想到了什么，祈盼着什么事的发生吗？没有，什么也没有，空气里飘着栗子的清香，首先让我担心的是怎样才能找到我预订了房间的那个旅馆。那时候我很天真，并不知道命运的神妙莫测和变化无常。如果说我有信念的话，我只是相信事情的发展会因为我的美好愿望而改变。当我停下脚步，把行李放在站台上的那一刻，我的欲望降到最低点，我什么也不要，唯一渴望的是给我一刻平静。

你的外祖父我第一天晚上就碰到了，他和另一个人在我住的那家旅馆的餐厅里用餐，除了边上有位老先生之外，餐厅里没有其他客人。他正充满激情地谈论着时政，他的语调

心指引的地方

马上令我感到讨厌，晚饭的时候我用厌倦的神情看了他好几眼，令我意外的是第二天我发觉他就是温泉的医生，他花了十多分钟询问我的健康状况，到脱衣服的时候发生了一件令我十分尴尬的事。我开始出汗，就像正在做一件重体力活似的。听心脏的时候，他惊呼："啊呀，跳得多快啊！"同时爆发出令人生厌的大笑。他刚开始揿打气球，血压计的水银柱就一下升到最高点，于是他问我："你有高血压吗？"我真的恨死自己了，我试着对自己一遍遍地说没什么可怕的，他只是个医生，在履行他的职责而已，我这样紧张既不正常也不像话。然而无论如何劝慰自己，我就是无法使自己平静。在门口，他把检验报告递给我的时候，抓紧我的手说："好好休息，喘口气，要不即使温泉也帮不了你的忙。"

同一天晚上，晚饭后，他跑来坐在我的身边。第三天我们已经一起在小镇的街上散步闲谈了，他那一开始让我如此讨厌的激动开始使我感到好奇了。他说什么都饱含着激情，都如此热烈，在他身边而不被他说的话、他身上散发出的热情所感染几乎是不可能的事。

心指引的地方

不久前我从报纸上看到,据最新的理论,爱情不是源于心灵而是源于鼻子。当两个人相遇,并互相喜欢的时候,就开始释放出一些我记不得名称的荷尔蒙,这些荷尔蒙进入对方的鼻子,传到大脑,在那儿又通过某些秘密通道,从而激起爱的浪潮。总之,根据那篇文章,爱就是一些看不见的气味。多么荒唐的理论!任何一个在他的一生中体验过真正的伟大的无法用语言来概括的爱情的人都知道,这只是排斥心灵地位的无数种谬论的一种。当然,爱人身上的气息能使你产生极大的冲动。不过在此之前,首先要有一些其他东西存在,而这些东西当然有别于单纯的气味。

那些日子,在埃内斯托身边,我第一次感到我的身体无边无际。我感到在我的身体周围有一圈感觉不到的光环,就像一个比身体更宽的轮廓,随着我的一举一动在空气中颤动。你知道植物几天不浇水后会变成什么样子吗?叶子会变得疲软,没有向上的力量,而是片片向下垂,就像一只沮丧的兔子尾巴。是的,我前几年的生活就像一棵缺水的植物,深夜的露水仅使我得以存活,除了它们,我什么也得不到,我的力气只允许我继续站着,生命也仅止于此。但只要给它

心指引的地方

浇一次水就能使它的叶子竖起,恢复生机了。而这也就是在我到温泉的第一个星期里发生在我身上的奇迹。在我到那里的六天之后,清晨我对着镜子,发觉自己简直换了副模样。皮肤光滑润泽,眼睛熠熠生辉,穿衣服的时候,我竟然开始唱歌,而这是在童年之后再没有过的事。

外人听这个故事一定会很自然地想到在这种精神愉悦的背后是否隐含着一些问题、不安和苦恼。毕竟我是个结了婚的女人,我怎么能这样无端地接受另一个男人的陪伴呢?而事实上没有任何问题和疑虑,这并不因为我是个无成见的女人,而是那时候我只关心活生生的事实。我就像一只无家可归的小猫或小狗,在冬日的街头流浪了很久之后,找到一个温暖的窝,于是什么也不问就躺在里面,享受着片刻的温暖。此外我对自己的女人魅力估计得很低,因此从未想过另一个男人会出于这种目的而接近我。

第一个星期日,我步行去做弥撒的时候,埃内斯托开车靠近我。"去哪儿?"他从车窗里探出头,我刚要回答他,他就打开车门说,"相信我,如果你不去教堂而跟我一起到树林里去散步的话,上帝会更高兴的。"在拐了好多弯之后，一条伸入栗树林的小路出现在我们面前。我的鞋不适合在石子路上走，不住地趔趄，所以当埃内斯托握住我的手时，我觉得这是世界上再自然不过的事了。我们在沉默中走了很久。空气中已经有了秋天的味道，土地很湿润，树上的叶子有许多已经变黄，光线透过树叶洒下来变幻着不同的色调。然后，在林中的一片空地，我们看到一棵巨大的栗子树。想到我的栎树，我走上前去，我用手轻抚着它，然后把脸颊贴在上面，一会儿，埃内斯托也把头靠在我边上。从我们相识以来，我们的眼睛还没有靠得如此近过。

第二天，我不愿意看见他。友谊正在变成另一种东西，而我需要时间考虑。我已不是一个年轻的女孩子，而是一个肩负着许多责任的结了婚的女人，而他也已结婚，还有一个儿子。原以为生命就将如此延续，突然，一些不曾预料的东西闯入使我非常不安，我不知道该怎样做。第一感觉是害怕，而要向前跨出一步，首先得克服这种惊恐的感觉。这样，过了一会儿我就想："这是我的生命中开得最大的一个玩笑，我要忘记这一切，把已经发生的事情也一笔勾销。"过了一会儿我又对自己说，放弃才是最大的玩笑，因为自童年以来我第一次感到生命的复苏，我的内心，我的周围一切都在惊喜地颤动，我觉得无法放弃这种新生。除此之外很自然我也有疑虑，所有的女人都会有这种疑虑：他只是在和我开玩笑，逗乐儿而已。所有这些想法使我焦躁不安，而我必须独自一人在这凄凉的旅馆房间里承受这一切。

那天晚上我直到清晨4点才睡着，我太兴奋了。第二天清晨我却丝毫没有倦意，穿衣服的时候我开始唱歌；在那短短的几个小时里，我的心中萌生了一种巨大的求生的欲望。我在温泉逗留的第十天，寄出了一张给奥古斯托的明信片："空气极好，食欲一般，但愿一切顺利。"结尾处我给了他一个热情的拥抱。而前一天的晚上我是和埃内斯托一起度过的。

那天晚上我忽然懂得在我们的灵魂和我们的身体之间其实有很多小小的窗户，当这些窗户开着的时候，情感就可以通过，而当它们虚掩的时候，情感就只能透过，只有爱像一阵风能把它们全部吹开。

我在波雷塔逗留的最后一个星期，我们几乎一直在一起，我们一起散步，一起交谈，直到把喉咙说干。和埃内斯托的交谈与和奥古斯托的交谈是多么不同啊！他是这样狂热，充满着激情，能够深入浅出地谈任何问题。我们常常谈及上帝，谈及可触摸的物质世界以外可能存在的别的东西。他饱含着叛逆情绪，最重要的一点是勇于直面死亡。在那些瞬间，当他的心中萌发出可能有超自然存在的想法的时候，并不是源于害怕，而是对空间认识的扩展。"我无法承受那些约定俗成的惯例，"他对我说，"我从来不去那些祭祀场所，我也不信教条及那些和我一样的人编造出来的故事。"我们抢着说话，我们想的是一样的事情，用的是同一种口吻，就像相识了多年而不是两个星期。

　　余下的时间不多了，最后几个晚上我们几乎不睡，只是打个盹，以恢复体力。埃内斯托非常热衷于谈命运，他说："在一个男人的生命里，只存在一个能与之达到完全和谐的境界的女人，而在一个女人的生命中，也只有一个男人能使她成为完整的女人。"然而很少人能找到他的另一半，很多人不得不在不幸中生活，在永远的渴求中生活。那么相遇的概率又是多少呢？他在黑暗中说，"万分之一，百万分之一或是千万分之一？"千万分之一，是的。而其余的都是相互

心指引的地方

容忍的,表面同情的,暂时的,或是肉体或是性格上的吸引,甚至是社会习俗所促成的结合。在这些话之后,他不再说别的,只是一味重复着:"我们是多么幸福,不是吗?谁知道冥冥之中有什么,谁又知道呢?"

临走的那一天,在那个小小的车站等车的时候,他拥抱了我,然后在我的耳边低语问:"我们在哪一世相识的呢?""在好几世里。"我回答,然后我就开始哭泣,在我的小皮包里藏着他在费拉拉①的地址。

无须给你描述在那长长的旅途中我的情绪——太激动,太矛盾了。我知道在那段时间里我要改变自己,于是我一趟又一趟地跑洗手间检查自己的表情,眼睛里的神采、微笑通通要去掉,我要熄灭自己心头点燃的火。为了证实那里的空气确实好,只要有红润的面颊就够了。父亲和奥古斯托都发现我有了惊人的好转。"我早知道温泉的水会创造奇迹。"我的父亲不断地重复着,而奥古斯托一反常态,居然围着我借各类小事献着殷勤。

---

① 费拉拉,意大利北部城市。

心指引的地方

当你将来第一次体验到爱情时你就会懂得它的作用是多么多样而可笑。当你还没有恋爱,你的心还是自由的,你的目光不被任何人所吸引时,所有你感兴趣的男人中没有一个人注意你;一旦你心有所属,别的人对你再也不重要时,所有的人都跟着你,追求你,用甜言蜜语包围你。这是我先前所说的心灵之窗在起作用,敞开的窗户使身体把光传给灵魂,而灵魂又把光传给身体,它们就像两面镜子相互辉映。在很短的时间里,它们就给你的周围镀上一层温暖的金色光环。而光环对男人的吸引就像蜂蜜对熊的吸引一样。奥古斯托也没有逃脱这一作用,而我,也许你感到奇怪,觉得对他温柔体贴并非难事。当然如果奥古斯托更世故更阴险一些,并不难猜出发生了什么。自我们结婚以来,生平第一次我开始感谢他的那些虫子。

我思念埃内斯托吗?当然,事实上除了思念他我什么也没做。但"思念"不是一个确切的词,与其说思念不如说我为他而存在,他存在于我的心中,每一举一动,每一个想法,我们都是一个人。分手的时候,我们约定由我写第一封信,因为他不能这么做;必须由我找到一个可信任的帮我保

心指引的地方

管信件的女友,把地址告诉他,他才能写。在万灵节①的前一天我给他寄出了第一封信,接下来的一个时期是我们的关系中最不堪回首的一段日子。即使是最伟大、最真挚的爱情由于时空的间隔也难免疑窦丛生。早晨一睁开眼睛,外面还漆黑一片,静谧中,我一动不动地躺在奥古斯托的身旁。那是一天中我唯一无须隐藏自己的情感的片刻。我重新回忆着那三个星期。我问自己,如果埃内斯托只是一个在温泉工作的因无聊而与那些单身少妇调情取乐的猎艳者呢?随着日子一天天过去,而他又杳无音信,这种怀疑就越来越真实。于是我对自己说:那好吧,即使我的一切都是事实,即使我在温泉的表现像一个最天真的傻女人,这段经历也未必是无益的。如果我没有让这些事发生,那么我到死也体会不到做女人的滋味。你懂吗?我是在以某种方式劝自己撒开手以减轻所受到的伤害。

父亲和奥古斯托都注意到了我情绪的恶化:我为了一点点小事就会发怒,他们中任何一个刚走进房间,我就马上离

---

① 万灵节,天主教节日,纪念已逝世的信徒,一般为11月2日。

心指引的地方

开去另一间,我需要清静,要一个人待着。我不断地把我们在一起的几个星期像放电影似的在脑海里重现,我疯狂地一帧一帧地寻找着不良的征兆,寻找着可以使我认定他是真爱我还是欺骗我的证据。这样的折磨持续了多久?一个半月近两个月。圣诞节前的一个星期,我终于接到了他的来信,五页纸,流畅大气的笔迹。

我的心情一下子好起来。就这样在写信和等待之中,冬天和春天飞逝而去。对埃内斯托的思念使我忽视了时光的流逝,我所有的精力都投放在一个不明确的未来之上,希望不久能重新见到他。

他的来信的深刻内涵消除了我对联系着我们之间的情感的疑虑。我们的爱情是伟大的,就像所有真挚的爱情一样,它几乎超越了一般意义上需要朝夕相守的那种爱情。也许你觉得奇怪,为什么时空的间隔没有使我们受尽折磨,说没有受折磨是不确切的。我和埃内斯托都忍受着相隔遥远、分居两地的煎熬,但这种折磨中还融合着别的情绪,在等待的情感中,痛苦被排到了第二位。我们都是结了婚的成年人,我们知道事情不可能以另一种方式进展,如果这一切都发生在

心指引的地方

今天,不到一个月我就会向奥古斯托提出分居,而他也会向他的妻子提出,于是圣诞节前我们就已经居住在同一个屋檐下了。这样会更好些吗?我不知道,事实上我总觉得唾手可得的关系会使爱情变得平淡无奇,会把饱满的激情化为一时的迷恋。你知道做面包的时候如果酵母在面粉中没有和好会怎么样?面包不是均匀地膨胀开,而是一端高涨起来,甚至裂开,和的面裂开就像火山熔岩似的流下来。感情也一样,需要均衡。

在那个时候,拥有一个情人,并要见到他,并不是件容易的事。对于埃内斯托而言当然要容易得多,他是一个医生,可以炮制一个会议或什么紧急的事,而对像我这样一个无所事事的纯粹家庭妇女来说这几乎是不可能的。我必须给自己想出一些可以让我离开几个小时甚至几天都不引起人怀疑的事由来。于是在复活节前,我在一个拉丁语业余爱好者的社团注了册。社团成员一周聚会一次,而且经常组织文化旅游活动,奥古斯托知道我对古典语言的偏爱非但没有怀疑,甚至非常高兴我把从前的爱好重又拾起来。

那年的夏天踩着飞快的舞步来了。6月底,像每年一样，埃内斯托去了温泉，而我和父亲、丈夫则到海边度假。在那个月里我设法使奥古斯托相信我还没有放弃要一个孩子的念头。于是8月31日早晨，带着同一个箱子，穿着去年穿过的同一件衣服，我在奥古斯托的陪伴下去乘开往波雷塔的火车。在旅行途中，由于兴奋我一刻也安静不下来，纵使窗外是与去年相同的景色，对我而言却是如此之不同。

我在温泉又住了三个星期，在那三个星期里，我过得比我一生任何其余的日子都有意义。有一天埃内斯托正在工作，我独自一人在公园里散步，心里想着那一刻中最美好的一件事就是立刻死掉。说来奇怪，不过最大的快乐就像最大最大的不幸一样，都会使你产生这一矛盾的想法。我有一种感觉，仿佛一个人行走了好久，好像是在一条未挖成的路上行军，或是在矮树丛里走。为了前进我用斧子辟出了一条地道，周围除了我身边的一切什么也看不见：我不知道自己正在走向何方，在我的面前也许有个深渊，一个溪谷，一个城市或者一个沙漠。然后突然之间矮树丛面前豁然开朗，无意中我已来到了一片高地，我猛然发现自己已在一座高山的顶上，不久太阳升起来了，我的面前山峦层叠，一切都是苍翠

心指引的地方

欲滴，一阵微风在山顶上吹过，抚过山顶，抚过我的心灵，抚过我的思绪。时不时脚下传来狗吠声和教堂的钟声，一切在那一刻都神奇地变得亲切而邈远。我的内心和我身外的一切都变得如此清晰，再没有山重水复，再没有阴影叠嶂，我不想再下山，不愿再回到矮树丛中，我想跳入那满目苍翠，永远留在那儿，我希望在生命的制高点终结我的生命，我把这种想法保存到黄昏埃内斯托回来的时候。然而吃晚饭的时候我没有勇气说出口，我怕他会笑我。直到深夜，他进了我的房间，把我拥在怀里的时候，我才靠近他的耳朵对他说，我原想说"我想死"的，然而你猜我说了什么？我说："我想要一个孩子。"

离开波雷塔的时候，我就知道我怀孕了，我相信埃内斯托也知道这件事，因为最后几天他显得心神不定，而且常常沉默不语，我却丝毫也没有这样。我的身体在受孕的第二天就发生了变化，乳房突然膨胀，显得结实，脸上的皮肤也更为光洁。那么短的时间身体就适应了新的状况，真是令人难以置信。凭这一点我可以告诉你，虽然我没有做任何检查，虽然我的腹部还是扁平的，但我却清楚地知道发生了什么。

心指引的地方

突然之间我觉得心中栽种了一棵光明的种子,我的身体变化着,并开始延展,变得沉重,在这以前我从未体验过类似的感觉。

只有当我一个人坐在火车上时,我才意识到事态的严重。在埃内斯托身边的时候,我从未怀疑过我会要留下这个孩子:奥古斯托、的里雅斯特的生活、人们的闲言碎语是如此之遥远。在那一刻那一个世界正变得越来越切近,孕期的飞速向前逼着我一定得尽快做出决定,而且一旦决定,就要永远坚持下去。荒谬的是,我马上意识到打胎将比保留这个孩子更困难,打胎是逃不过奥古斯托的眼睛的,在这么多年来一直坚持要一个孩子之后,突然要打胎,我如何来向他解释呢?而且我也不愿意打掉它,那个在我体内孕育的小生命并不是一个需要被铲除的错误,它完成了我的一个夙愿,也许是我这一生最大最热切的愿望。

当一个女人全身心地爱着一个男人的时候,最自然的事情就是想要一个孩子。这不是一个聪明或愚蠢的问题。这个选择也无法用理智来识别衡量:认识埃内斯托前,我想象着有一个孩子,因为我已到了一定的年纪而且非常孤独,因为我

心指引的地方

是个女人,如果女人没有其他事可干,至少可以生孩子。你懂吗?如果要买一辆车的话我也同样会这样凭理智做决定。

但是当那天晚上我对埃内斯托说"我想要个孩子"的时候,事情却完全不同,所有理念都反对这个决定,然而这个决定却比任何理念都强烈。事实上,这并不是一个决定,而是一种狂想,是一种永远拥有的渴望。我要埃内斯托存在于我的体内,和我在一起,永远在我身边。现在当你读着我的所作所为,可能你会因恐惧而发抖。你将自问为什么以前从未发觉我的内心深处是如此之可鄙?当火车到达的里雅斯特站时,我做了我唯一可做的事,我从车上下来,表现得像一个温柔的、深爱着自己丈夫的妻子,奥古斯托吃了一惊,但他没有多问,而是乖乖地就范了。

一个月之后,说这个孩子是他的已经合情合理了。我告诉他医生检查结果的那一天,他上午就扔下办公室的事回来了,一整天他都陪着我筹划着为了迎接这个孩子的到来在家中要做的一些改变。当我靠近父亲的耳朵大声向他报告喜讯时,我的父亲用干枯的双手握住我的手,紧紧地握了一会儿,眼睛湿润而发红。他的耳朵变聋已经有一段时间了,这

心指引的地方

不但进一步限制了他的生活，而且大大减弱了他的日常推理能力，他说一句话和另一句话之间会突然停顿，突然偏离或突然冒出无关紧要的回忆。我不知道为什么，然而面对着他的眼泪，我没有被感动而是有些厌倦。因为我在其中只看到虚假的成分。无论如何，他的小外孙女儿是看不到他了。在我怀孕六个月的时候，他毫无痛苦地在睡梦中死去了。望着躺在棺材中的他，那干瘪和衰老模样使我震惊。他的脸上带着一成不变的表情，无喜无怨而冷漠。

很自然在拿到检查结果之后，我写了封信给埃内斯托，不到十天他就回信了。我等了几个钟头才看信，我很紧张，生怕信中有一些不愉快的话。直到将近黄昏的时候，我才决定读信，为了举止自由一些，我把自己关在一个咖啡馆的厕所里。他的话很通情达理。"我不知道这是不是最好的解决办法，"他说，"但既然你已经决定，我尊重你的意见。"

从那天起，一切障碍都排除了，我开始静静地等待着做母亲。我感到自己是个魔鬼吗？我是吗？我不知道。在怀孕期间和以后的许多年里我从来也没有怀疑或后悔过，我怎能装着爱一个男人而腹中又怀着另一个我真爱的男人的孩子

心指引的地方

呢？不过你要看到，事情从来也不是这样简单的，任何事都不是黑白分明的，每一种染料中都有深浅不同的色调变化。我要对奥古斯托表现得温存和充满爱意并不费力，因为我真心爱着他。但我对他的爱和对埃内斯托的爱是截然不同的，我不是像一个女人爱一个男人一样爱他，而是像一个妹妹爱一个令人有些乏味的哥哥那样爱他。如果他不是如此善良，那情况将有很大的改观，我绝不会想到给他生个孩子或是和他一起生活，然而他并不坏，只是一潭死水般墨守成规罢了。除此之外，他毕竟是温柔而善良的。他很高兴有个孩子，而我也乐意给他一个。我为什么要泄露这个秘密呢？如果我这样做了，我们三个人都将陷入不幸之中，至少我曾经是这样想的。现在有变化和选择的自由，我所做的一切也许显得可怕，然而那时候——在我生活的时代和环境中——这种情况是很普遍的，我不能说每对夫妻中都有这种情况发生，但一个女人在一个婚姻的外衣下怀着另一个男人的孩子并不是绝无仅有的事。那么又发生了什么呢？我想什么也不会发生，那个孩子像他所有的兄弟一样慢慢地长大，在成长的过程中不会引起任何怀疑。家庭的观念在那时有着极其深厚的根基，要摧毁它仅有一个非亲生的孩子是不够的。对你的母亲也一样，出生后，她就成了我和奥古斯托的女儿，对我而言，最重要的是依拉莉亚是爱的果实而不是偶然或传统的需要或无聊的产物，我原以为凭这一点就可以解决所有的问题。我真是大错特错了！

不管怎么说在最初的几年里一切都很正常，风平浪静，无波无澜。我想我是一个十分温情脉脉、小心翼翼的母亲。在第一个夏天我就养成了习惯，每年最热的季节带孩子到亚得里亚海的海滨胜地去。我们租了一间房子，而奥古斯托每隔两三个星期便来和我们一起度一次周末。

在那片海滩上，埃内斯托第一次看到了他的女儿。当然他只是装作一个陌生人，在散步的时候走近我们，然后在离我们一步之遥的地方撑一把遮阳伞，当奥古斯托不在的时候他就这样假装读一本书或一张报纸，偷偷地看上我们几个小时。晚上，他就给我写长信，把他脑子里想的一切都记录下来：他对我们的感情以及他看到的一切。差不多相同的时候，他的妻子也生了一个孩子，他放弃了在温泉的季节性兼职，在他的城市费拉拉开了一家私人诊所。在依拉莉亚出生

心指引的地方

后的三年里,除了那些装作纯属偶然的相见,我们没有再见面,我的时间全部被孩子占满了。每天清晨我醒来,就因为看到她在身边而感到无比愉悦,这样即使我想做到的事也没有时间了。

最后一次在温泉逗留期间,我们分手前不久,埃内斯托和我商定,"每天晚上,"他说,"在11点整,不管我在什么地方,什么环境里,我都会到露天去,在天空中找到天狼星。你也这么做,这样即使我们相隔遥远,即使我们很久没有见面,即使我们彼此都不知道对方的消息,我们的思想会在那儿奇迹般地靠得很近。"然后我们一起走到旅馆的阳台上,他举起手在群星之间,在猎户座和船尾座之间指给我看天狼星的位置。

心指引的地方

12月12日

今天晚上我被一个声音惊醒，我想了一会儿才辨出是电话铃声，我爬起来时，它已响了好几下，我刚走到电话机旁铃声却停了。我还是拎起了话筒用带着惺忪睡意的声音说："喂？"我没有再回床睡而是坐在那附近的沙发上。是你吗？又会是谁呢？那划破夜色的铃声使我不能再平静，我回想起几年前我的一位女友给我讲述的故事。她的丈夫住院已经好久了。由于医院里严格限制探视时间，他死的那天，她未能陪伴在他的身旁。丧夫的切肤之痛是如此难以释怀，那天晚上，她久久不能入睡。坐在黑暗里，她突然听见电话铃声，她感到非常惊奇，吊唁的人会这么晚打电话来吗？她把手伸向话筒的时候，她惊讶地看到一个奇怪的现象：电话机旁升起一个颤动的光环。刚一接听惊讶就变成了恐慌，电话

心指引的地方

另一端有一个很遥远的声音,吃力地说:"玛尔塔,"那个声音在深夜的风啸声和噪音中说,"我想在走之前跟你告别。"是她丈夫的声音。说完这句话的片刻之间有呼啸的风声,然后电话被切断了,又是一片寂静。

那时候,我为她深深的惶恐不安而同情,试想:死者为了与活人联系居然选择了最先进的工具,这是多么古怪啊!然而这个故事同样震动了我敏感的心灵。在心灵的深处,也许我也希望有一天能有个人在夜深人静的时候从另外一个世界给我打来电话向我告别。我已埋葬了我的女儿、我的丈夫和这个世界上我最爱的男人。他们死了,消失了,而我却像一个轮船失事中的幸存者那样继续活着。激流把我带到一个孤岛上,我失去了我的同伴的消息,就在船倾覆的那一刻,他们全都从我的视线中消失了,他们可能被淹死了——我几乎可以肯定——不过也许他们并没有死。尽管日子一天天地过去了,我还是不断仔细观察着附近的小岛,等待着看见一点人烟,一个求救信号,一些能向我证明他们还和我一起生活在同一个蓝天下的东西。

埃内斯托死的那天晚上,我被一声巨响惊醒,奥古斯托

心指引的地方

打开灯惊呼"谁?"房间里没有别人,没有任何反常的迹象。直到第二天早晨,我开衣橱门时才发现里面一团糟,衣架、袜子、鞋、裤衩全都摔了下来。

我现在可以说"埃内斯托死的那天晚上",而当时我并不知道,我刚接到他的一封信,根本想象不到发生了什么。我还一直以为潮湿的气候侵蚀了隔板的支架,承重过大它才塌下来的。依拉莉亚才四岁,刚开始进幼儿园,我和她还有奥古斯托的生活如今已经变得很安稳平静了。那天下午,在拉丁语爱好者聚会之后,我到一家咖啡馆给埃内斯托写信。再过两个月将有一次在曼托瓦①的集会,这是我们盼望已久的重逢机会,回家前我寄出了信,从第二个星期起我就开始等回信了。第二个星期我没有接到他的回信,又过了几个星期也没有。我从没有等过这么久。首先我以为可能是邮递员误投了或者是他病了,不能去工作的地方取信,一个月后我又给他写了一张短笺,却依然如石沉大海,杳无音信。随着时光的流逝,我感到自己就像一所在往里注水的房子,起先

---

① 曼托瓦,意大利北部城市。

心指引的地方

水流很细,刚刚漫过水泥结构,然后随着时间的流逝,水流越来越大,越来越湍急,在它的冲击下,水泥变成了沙子,房子也支撑不住了,虽然外表并没有变化,但我知道这不是真实的,只要轻轻一碰,就可以使它从里到外全部倒塌,就像纸做的城堡一样。

当我去赴聚会的时候,我消瘦而憔悴。在曼托瓦露了一下面之后我就直接去了费拉拉,我要知道到底发生了什么事。他的诊所里一个人也没有,从街上看,诊所的护窗板仿佛常年关着。第二天我去了一家图书馆查阅那几个月的报纸,在一篇短评里,我看到了我要找的东西,一天深夜出诊归来,他的汽车突然失控撞上一棵大梧桐树,他即刻就死了。那天的日期和时间恰与我家衣橱倒塌的时间相吻合。

有一次,在拉兹曼太太经常给我带来的那些旧杂志里的一本里,我在关于星宿的专栏上读到那些暴死的人属于火星第八宫。根据那篇文章,出生时星座呈此形状的人是注定不能平平安安地在床上死去的。谁知道埃内斯托和依拉莉亚头上的那片天空是不是闪烁着这样一对不祥的星座。在相隔二十年后,女儿竟以与父亲同样的方式死去:驾车撞在一

心指引的地方

棵树上。

埃内斯托死后,我徘徊在崩溃的边缘,精疲力竭。突然之间我明白了最近几种照亮我的光,并不来自我的内心而只是一种反射。我在观察中体会到的幸福及对生活的热爱本不属于我,我只是起了一面镜子的作用。埃内斯托发着光,而我只是反射它。他死了,一切又重归于混沌。看到依拉莉亚非但不能使我愉悦反而会激怒我,我受了如此沉重的打击,甚至怀疑她到底是不是埃内斯托的女儿。我的这种变化没能逃过她的眼睛,这孩子敏感的触角马上感到了我对她的排斥,因而变得刁蛮而专横。现在是她变成了年轻而生机勃勃的植物了,而我则是等待窒息而死的老树,她像猎狗似的嗅着我的负罪感,利用它来制服我,家庭变成了一个充满尖叫和争吵的小小的地狱。

为了减轻我的负担,奥古斯托雇了一个保姆来照料孩子,起先他想培养她对昆虫的兴趣,但试了几次,她都大嚷:"真恶心!"他也只好作罢。在很短的时间里他突然显得很老态,简直像他女儿的祖父了,他对她很好但也很疏远。站在镜前的时候,我觉得自己也老了,面部的轮廓隐约

心指引的地方

显露出从未有过的沧桑感。不修边幅是一种对自己轻蔑的方式。由于有了学校和保姆,我又有了许多自由支配的时间。烦躁不安逼着我一刻也不能停下来,我开着车像修剪枯叶似的在卡尔索的街道上来回奔驰。

我重新开始阅读在拉奎拉时读过的一些宗教读物。我狂躁地企图在那些书页中找到答案。我一边走一边重复着阿戈斯蒂诺[①]对她母亲的死写的话:"我们不要因为失去了她而伤心,而要因为曾经拥有她而庆幸。"

一位女友带我去见了一位听忏悔的神父两三次,在这之后我却更感到烦躁不安。他的话充满了虚情假意,竭力歌颂忠贞,好像忠贞是街上第一家商店里摆卖的食品。我不能为埃内斯托的死找到理由,而发现我自身没有发光的事实,要找到一种解释的尝试变得更为艰难。你看,当我遇到了他,当我们之间产生了爱情,突然之间我自信,我的一生有了依靠,我为自己活着而感到幸福,为我周围存在的一切感到幸福,我觉得我走到了生命的制高点,最坚不可摧的那一点,

---

① 阿戈斯蒂诺,圣人,坎特伯雷大教堂的主教。

我以为在那儿没有人没有什么可以动摇我。我的内心拥有一种懂得所有人而有的自豪感。多年以来我以为自己靠着自己的双脚走了很多路，然而事实上我的路没有一步是自己走的，即使我没有意识到，事实上我的身下却有一匹马，是它驮着我走了所有的路，而不是我。当马儿倒下的那一刻我才看见了自己的双脚，它们是如此之纤弱，我想走，而我的踝骨却是如此之疲软，我的脚步就像是刚出生的孩子或是风烛残年的老人一般蹒跚不稳。有一度我曾想抓住任何一根拐杖，宗教是一根，工作是另一根。而这种想法没有持续多久。我几乎马上发现这又是无数次错误中的一次。到了四十岁再也没有容纳错误的空间了。如果一个人突然发现自己是赤裸的，那就要鼓起勇气对着镜子看看自己到底是怎样的，我要从头开始走。那么从哪里？从我自己，然而说起来容易做起来难。我在哪儿？我是谁？我最后一次作为我自己存在是什么时候？

　　我已经告诉过你了，那段时间，我每个下午都在高原上徘徊。有几次，当我凭直觉感到寂寞会进一步恶化我的情绪时，我进了城，把自己淹没在人海里，我在最繁华的街道上来回走，希望找到某种解脱。现在我就像有了一份工作一样，奥古斯托出门时我也出门，他回来时我也回家。我的医生对他说，人在精神衰竭时，有时是会想要不停地活动。既然我没有要自杀的念头，那么放我到外面去走走并没有什么坏处。根据他的说法，跑着跑着我就会恢复平静的。奥古斯托接受了他的解释，我不知道他是真的相信，还是懒得多管事，只想太太平平地生活，反正只要他不来管我，不来打扰我的烦躁和不安，我就感激不尽了。

医生说的话有一点是对的，在那巨大的抑郁情感中没有要自杀的念头。这令人奇怪，但确实如此，即使在刚得知埃内斯托死讯后，我也没想过要自杀，不要以为是我放不下依拉莉亚。我对你说过，那段时间里她对我来说毫无意义。主要是因为我凭直觉感到他如此突然的死亡不是也不应该是、不可能是命中该绝。其中包含着某种意义，我隐约看见这层意义在我面前，就像一级巨大的台阶，那就是我要逾越的东西吗？也许是，但我不能想象它们后面是什么，我不知道一旦我登上台阶会看到什么。

一天我开车来到一个我以前从未到过的地方，那儿有个

心指引的地方

小小的教堂，教堂周围是一片不大的墓地，坟丘两侧的山坡上覆盖着矮树林，在其中一个丘陵的顶部可以清晰地看到一个古堡遗迹的顶。教堂再过去一些有两三家农舍，母鸡们自由自在地在街上刨土，一只黑狗狂吠着，路牌上写着萨马托尔扎。萨马托尔扎这个名字听起来和孤独在读音上相似，正是我整理思绪的好地方。从那儿有一条石子山路向前延伸着，我开始信步向前走，不管它会把我带向何方。太阳已经开始落山了，但越是向前走我就越不想停下来，时不时会有一只松鸦惊扰我的寂寞。有一样东西在召唤着我向前，直到我的面前出现了一片林中空地时我才知道那是什么。我看见那片空地有一棵巨大的栎树宁静而雄伟，枝条根根舒展仿佛正在迎接我的到来。

说起来好笑，我一看到它心就开始狂跳，就像一只兴高采烈的小兔子，以前我只有在看到埃内斯托时心才会如此狂跳。我坐在树下轻抚着它，我把脸和颈靠在它的树干上。

认识自己，十几岁的时候我曾在我的希腊语笔记本的扉页上这样写着。在栎树下那句尘封的话语突然又重新回到我的心间，认识自己。空气啊，我要呼吸！

心指引的地方

12月16日

昨天晚上下了雪,早上我睁开眼睛发现花园里一片白茫茫。布克疯狂地在草坪上跑着,跳着,叫着,它用嘴衔起树枝然后把它们抛上半空。晚些时候,拉兹曼太太来看我,我们在一起喝咖啡,她邀请我一起过圣诞夜。"您成天做些什么?"走之前她问我。我耸耸肩回答说:"没什么,看看电视或者想些事情。"

她从来不向我提起你,并总是小心翼翼地避开这个话题,但从她的口气里,我听得出她把你看作是一个忘恩负义的人。"现在的年轻人,"她常说,"都没有良心!也不如以前那样懂得尊重别人了。"为了不让她继续说下去,我表面上同意了她的看法,然而在我的内心我深信,良心永远不会变,只是少了一点虚伪,仅此而已。年轻人不是天生的自私自利者，就像老年人不是天生的圣人一样，一个人的深沉或是浅薄不是由年龄，而是由每个人走的路的不同所决定的。我记得不久前不知在什么地方看到一条美洲的印第安人的格言，它说："在评价一个人之前，应该先穿着他的鹿皮靴走上三个月。"我非常喜欢这句话，以至于把它抄在了电话旁的活页记事本上。从外观来看，许多东西是错误的，不合情理的，甚至是疯狂的。超然事外的人很容易误解局内人和他们之间的关系，而只有那些当局者和那些穿着他们的鹿皮靴走上三个月的人才能理解他们的动机和情感，也就是他们突然这样做而不是那样做的内在因素。理解源自谦恭而不是基于知识和经验的夜郎自大。

你在读了我的故事后会穿上我的布鞋吗？我希望你，希望你会跟着它们长时间地从这个房间走到那个房间，然后在花园里多转几圈，从核桃树走到樱桃树旁，从樱桃树走到玫瑰旁，从玫瑰走到花园深处的那棵讨厌的黑松旁。我希望你会这样做，并不是为了乞求你的怜悯，或是希望得到死后的解脱，而是因为你和你的未来会从中得益。知道自己从何而来，知道自己身后的历史是我们能问心无愧地向前走的第

心指引的地方

一步。

这封长信，我原该写给你的母亲的，然而我却写给了你。如果我什么也没写，那么的确，我这一生真的可以看作彻头彻尾的失败。犯错误是不可避免的，然而走过之后不曾认识到它们就相当于白活了一生。不要以为发生在我们身上的事就到我为止，每一次相遇，每一件小事都包含着它自身的意义，而当我们能像蜥蜴在换季时蜕去自己的旧皮那般抛却我们的过去时，我们也就完成了对自身的认识过程。

如果在我将近四十岁的那一天，我没有回忆起我的希腊语笔记本上的那句话，如果我没有在人生的那一点画上一个句号，那么我必定会重复犯我一直在犯的错误。为了赶走对埃内斯托的回忆，我会一个又一个地寻找情人。为了找到一个与他相同的人，为了找回我的过去，我会试上几十次。然而世间却永远不会有这样完美的相似，越来越失意的我却不能罢手，也许当我变成老太婆的时候身旁仍荒唐地围着一群大男孩，或者我也许会恨奥古斯托，恨他的存在使我错过了做出果断决定的机会。你不知道，不面对自己的内心，只是一味地逃避是这个世界上最容易的事。问题的外因、借口总是存在的，而要承认内在的过错或者说只由我们自己承担的责任却需要勇气。但我已经对你说过，这是唯一能使你成长的方法，如果生活是一条路，那么这条路只是在不断上升着。

直到四十岁的时候，我才明确该从哪里起步，而不知道哪里是我要去的地方则是更长的一段心路历程，其中充满艰难，却令人激动。你知道吗，现在从电视里、报纸上我常常可以读到越来越多伪君子的言论，越来越多的人不知从哪天开始逐渐开始追随他们的生活准则。而各式各样的能人圣者，各种各样捍卫社会安宁、宇宙和平的招数的泛滥却使我不安。它们通常是一种迷惑与茫然的触角。归根结底——甚至不能说归根结底——我们又将迎来一个千年的结束，即使日期只是我们约定俗成的惯例，它激起的恐惧却依然故我，所有的人都在等待着什么可怕的事情的发生，所有的人都愿意做一些心理准备：于是他们去向那些伪善者咨询，加入各种能帮助你找回自我的流派，在往来了一个月之后，便目空一切地声称可以辨别预言家的真伪，这是多么巨大、多么普遍、多么可怕的谎言。

心指引的地方

唯一存在的无知，唯一真实的可信是自己的良知。要找到它，你必须处在静谧之中，一个人静静地待着——在一片不毛之地，浑身一丝不挂，周围什么也没有，就像你已经死去。起先你什么也听不出，你只感到恐惧，慢慢地在内心深处，在遥远的地方，你开始听到一个声音，一种静谧的声音，你会被它的平淡无奇所激怒。这事很令人奇怪，当你等待着听到最伟大的事情时，出现的却是极其渺小的事情，它们是如此渺小，如此平淡无奇以至于你想大叫："怎么，这就是所有的一切？"而那个声音会对你说："如果生命自有它的意义，那么它的意义就是死亡，所有的一切都只是在它的周围回旋。"好一个发现，此刻你将观察到一个可怕的，以死亡作主题的发现。它告诉你即使是人类的最后一个后代也会死去。这是真的，我们所有的人都知道这一事实，然而思想上明白是一回事，心知道又是另一回事。完全不同，当你的母亲用她傲慢的态度冲我说话时，我曾对她说："你使我的心受尽折磨。"而她则笑着说："不要让人笑话了。"心只是块肌肉，你不跑的话它是不会感到难受的。

在她懂事之后，很多次我都试着想和她谈谈，向她解释

心指引的地方

使我疏远她的那段心路历程。"的确,"我对她说,"在你还小的时候,有一段时间我忽视过你,我生了一场大病,如果我带病照看你的话,我的病情也许会恶化。不过现在我好了。"我说,"我们可以交谈、讨论,一切从头开始。"然而她不愿接受:"现在是我身体不适了。"她说,以这种方式拒绝交流。她憎恨我内心逐渐重获的宁静,想尽一切办法要破坏她,企图把我拖进她的日常烦恼琐事之中。她认定她生来就是不幸的,她自我封闭,自怨自艾,因为没有什么可以改变她自以为命中注定不幸的想法。理想上,她当然说希望幸福,而事实上,她的内心深处,早在十六七岁时就已经把一切改变的可能拒之门外。当我慢慢地以某种方式向她敞开我的心扉时,她却无动于衷,她就像一个明知天上会掉下瓦片来的人,双手放在头顶,等着它们掉下来把她砸死。我重获的宁静激怒了她,当她看见我床头柜上的福音书时,她说:"你想得到什么安慰?"

奥古斯托死后,她甚至不愿意去参加葬礼。在奥古斯托的最后几年中,他患了严重的动脉硬化,常常一个人在家里走来走去,像孩子般自言自语,而她根本不能忍受他。每当

心指引的地方

他穿着拖鞋，出现在某个房间门口时，她就冲他嚷道："先生，您要干什么？"他走时她十六岁，从她十四岁起就不再叫他"爸爸"，他是在一个11月份的下午死在医院里的。一天之前，因为心脏病发作，我们把他送进了医院。我在病房里陪伴着他，他没有穿睡衣，只在背上披了件白大褂。医生们说危险期已经过去了。

护士刚送来晚饭，他好像看见了什么东西似的，突然起床，走到窗前。"依拉莉亚的手，"他眼神暗淡地说，"这样的手，这个家里再没别人了。"然后他回到床上，死了。我向窗外走去。窗外下着细雨。我吻了他的前额。

十七年来，他从未流露出一点痕迹，一直把这个秘密藏在心里。

已经是中午时分了，阳光下积雪正在融化。家门前的草坪上原本被白雪覆盖住的黄色的枯草又一块块地露了出来，树枝上的雪也一块块地往下掉着。奇怪的是，随着奥古斯托的死，我意识到原来死亡本身带来的痛苦是不同的。刹那间我感到在这个空间里曾说过的话一下子变得真实并开始不断膨胀。这是一个封闭的空间，没有门，没有窗，没有出路，

心指引的地方

留在那儿悬而未决的东西就永远留在那儿了,留在你的脑子里,和你在一起,就像一层厚厚的雾把你裹在里面,使你不知所措。奥古斯托知道依拉莉亚的身世但却没有告诉我这一事实把我推入了一个万分沮丧的境地。那一刻我多么想和他谈谈埃内斯托,谈谈那些发生在我身上的故事,谈谈依拉莉亚,我想和他谈很多很多,然而一切都不可能了。

现在也许你能理解为什么我一开始就对你说:死亡使我们感到沉重并不因为死者的躯体消失了,而在于我们和死者之间还有许多没有说明白的事。

就像埃内斯托死后一样,在奥古斯托死后,我也曾在宗教中寻找过慰藉。那时我刚认识了一个德国的基督教徒不久,他也只比我大一岁,察觉到我对宗教的困惑,在见了几次面后,他建议我们在教堂以外的地方见面。

因为我们两个都喜欢散步,我们决定一起去远足。每个星期三的下午,他都会穿着登山鞋,背着登山包来接我,我不太喜欢他的脸,他的脸轮廓鲜明,表情严肃,就像一个山里长大的男人的脸。起初他神父般的说教使我害怕,我对他说的一切都是欲言又止,我怕制造丑闻,我怕招来无情的宣判。然后有一天,当我们坐在一块石头上休息的时候,他对我说:"你知道吗?这样只会伤害自己。"从那一刻开始我便卸掉伪装不再撒谎,在埃内斯托死后我第一次向人敞开了心扉,说着说着,我就忘记了在我面前的是一个来自教会的男人。与我认识的其他神父相反,他既不对你说教,也不对你进行泛泛的安慰,对那些最常见的启示性的虚情假意他竟是外行。他身上有一种威严的东西,这使他最初使人难以接近。"这只能产生痛苦,"他说,"但你要敢于直面痛苦,任何一个逃避痛苦和独自悲痛的人都注定要失败的。"

他用"胜利""失败"这些战争词汇来描述一种无声的纯粹存在于内心的战争。对他而言,人类的心灵就像是大地,一半被太阳照亮,一半存在于阴影中,即使圣人的心中也不是到处铺满阳光。"至于身体这个简单的事实,"他说,"我们处在树荫下就像两栖的青蛙,一部分在水下生活,另一部分在岸上。活着就是要意识到这一切,懂得它们,并为之而奋斗,使阳光不因为树荫的覆盖而消失,不要以为有谁是完美无缺的,"他对我说,"不要以为有谁的口袋里装着现存的解决问题的方法,要怀疑一切,除了你的心告诉你的一切。"我被他的话深深吸引住了，我从没有遇到过这样一个能把长久以来在我心中震颤，却又无法理清的东西表达得如此完美的人。他的话使我的思想变得成熟起来，在我的面前出现了一条路，我重又有了走下去的勇气。

他会时不时地从背包里拿出一两本对他而言非常珍贵的书。在我们休息的时候，他就给我读上一两段，他的声音清晰而严肃。和他在一起我接触到了俄罗斯修道士的祈祷文，那是心灵的演说；使我懂得了《圣经》福音书中至今仍使我困惑不解的篇章。在埃内斯托死后的那些年，我的内心的确曾走过一段路，但是这段路仅止于对我自身的认识。在那段心灵的历程中，突然之间我发现一堵墙挡在我面前，我知道在墙的另一边路会更宽、更光明，但我不知道怎样才能逾越它。一天在一场突如其来的暴雨中，我们躲进了一个岩洞。

"怎样做才能有信仰呢？"我问他。"无须做什么，它会自然而然地来的。其实您已经有了，只是您的骄傲阻止您承认罢了，人们往往考虑问题太多，把简单的东西复杂化了，事实上只是非常害怕而已。如果顺其自然的话，该来的东西总会来的。"

心指引的地方

在这些散步之后,在家我越来越感到困惑不安。我已经对你说过,他令人不愉快,他的话使我受伤。许多次我都想不再见他,于是在星期二的晚上,我对自己说,现在我就打电话给他,告诉他别来,因为我身体不好,然而事实上我却没有打。星期三的下午,我穿着登山鞋,背着包准时在门口等他。

我们的远足持续了一年多,终于有一天他被调离了职位。

我对你讲述的一切也许会让你觉得托马斯神父是一个高傲自负的人,他的言辞和世界观一定激烈而狂热。而事实上他不是,他的内心是一个我所遇到的最宽容、和蔼的人,他不是上帝的战士。如果说他的性格中有一种神秘的东西的话,这种神秘主义也是具体的,依附于日常生活的。

"现在,我们在这儿。"他总是这样对我重复说。

在门口,他给了我一个信封,里面有一张明信片,上面是山中草地的风景,明信片上用德文印着:"上帝在我们心中。"背后他写着:"坐在栎树下的不是您而是栎树,树林里的是树,草坪上的是草,在众人之中便是与众人在一起。"

"上帝在我们心中。"你还记得吗?这句话当我在拉奎拉做一个不快乐的新娘时就曾使我震惊。而那时候，闭上眼睛，我的目光滑进我的内心时却什么也看不到。遇到托马斯神父后，情况改变了，虽然我还是什么也看不见，但却不是绝对的失明，在黑暗深处开始有一点点微光，在极短的瞬间我时不时地能记起自己。那是豆点般的、微弱的光线，只是一个小火苗，轻吹一口气就可以熄灭它。而这却使我产生了一种奇怪的轻松感，不是幸福而是感到愉悦。不是心情愉快、兴奋，我也不再觉得自己睿智，不再高高在上，在我心中滋长的只是一种平静的对存在的意识。

草在草坪上，栎树在栎树下，人在人间。

心指引的地方

12月20日

今天早晨，布克跟着我上了阁楼。我已经有多少年没有开启这扇门了！到处是灰尘，房梁上悬着巨大的蛛网。搬动盒子与纸板箱时，我发现了两三个睡鼠窝，它们在窝里睡得那么熟，什么也没觉察。孩子们喜欢爬上阁楼，老年人却不是。所有那些曾经是神秘的、探险般的体验，都变成了痛苦的回忆。

为了找到圣诞节用的道具，我必须打开几个盒子和两个大箱子。在报纸和破布堆里我看见了依拉莉亚孩提时代最珍爱的玩偶。

再下面那闪闪发光、保存得完好无缺的是奥古斯托的昆虫标本、他的放大镜和所有收集标本的装备。不远处，在一只用红丝带系着的糖果盒里装的是埃内斯托的信，这里没有你的东西，你还年轻，还活着，阁楼不是你的地方。

打开箱子里的几个包裹，我还发现了从战火中幸存下来的我童年时代的一些东西，它们被烧得发黑了，我把它们拉出来时它们就像遗物一般。大多数是厨房里的东西：一只搪瓷脸盆，一只蓝白两色的搪瓷缸，几件餐具，一只做蛋糕的模子，底下是一本卷边的没有封面的书。什么书？我记不得了。只在我小心翼翼地把它拿在手里，眼睛扫过最初几行时，一切才又回到我的脑海之中。我一下子无与伦比地激动，因为这不是别的，而是我孩提时代最喜爱的那本书，是它给了我很多梦，它叫《2000年的梦想》，是一本科幻小说。故事情节相当简单，却充满了幻想。为了看到奇迹的实现，两个19世纪末的科学家用冬眠疗法，使自己在21世纪再醒来，一百年之后，他们的同事的孙子（当时已成为科学家）为他们解冻，并带他们上了一只小飞碟，带他们认识今天的世界。在这本书中既没有外星人也没有飞船，涉及的是人类的命运，是那些人们用双手创造出来的东西。根据作者的想象，人类做了很多事情，创造了很多奇迹：世界上再没有饥饿和贫困，因为科学和技术相结合，已经找到了方法使世界上的每一寸土地都变得很富饶。更重要的是，这种富饶是在不破坏地球居民的生态环境的前提下获得的。机器减轻了人们的劳动负担，每个人都有很多业余时间，这样每个人都能发掘自身最宝贵的天赋，音乐在世界的每一个角落响起，还有诗歌，平和的智慧的富有哲理的言谈。好像这一切还不够似的，借助于飞碟，不到一小时我们就从一个大洲飞到了另一个大洲。两位老年科学家仿佛非常满意：所有那些他们曾预言的假设都实现了。翻着书我又看到了我最喜欢的那幅插图：画上两个身体肥胖、留着长须、挺着大肚子的学者从飞碟上探出身子，欣喜若狂地望着下面。

为了消除所有的疑问，一位学者提出了一个他最关心的问题，他问："无政府主义者、反动派现在还有吗？""当然还存在。"他们的向导微笑着说，"他们生活在一个全部由他们这些人组成的城市里，这个城市建在极地的冰川下，这样即使他们想要伤害别人，也做不到。"

"那么军队呢？"另一个进一步问，"为什么连一个战士也看不见？"

"不再有军队了。"年轻人回答说。

心指引的地方

这时候两个人才松了口气。人类终于重又回到他们最初的和平状态中了。不过这口气没有松多久，因为向导告诉他们说："不，不是这个原因，人类并没有丧失战争的热情，只是学会了容忍。士兵、大炮、刺刀已经过时了，替代它们的是一种体型小但威力极强的装置：正是因为它，才没有战争。事实上只要站到山顶，把它从高处扔下，就可以使整个世界变成灰烬。"

无政府主义者！反动派！这些字眼里包含着多少我童年的噩梦。你也许很难理解，但你要认识到当十月革命爆发时我已经七岁了。我听见大人们因为发生了一些可怕的事而窃窃私语，我的一个女同学说哥萨克人不久就会从那儿进军罗马、圣彼得广场，不久就会在圣泉里饮马。恐慌当然种在童年的记忆中，心中充满可怕的想象：夜晚，入睡时分，我们似乎听到了从巴尔干奔跑而来的马蹄声。

谁能想象得到我将看到的恐怖将完全不同于罗马大道上的铁蹄声，而要更为令人震惊！童年的时候，当我读这本书时，我曾计算过我是否能活到2000年。九十岁在我看来是很老很老了，但并不是不可能活到的，这使我狂喜，因为我体

心指引的地方

会到一种相对于那些活不到2000年的人的优越感。

现在2000年就要到了,我也知道我活不到那一天了。我觉得遗憾、伤感吗?不,我只是觉得很累,所有预言中的奇迹我只看到了一样:那个小小的却威力无穷的武器装置。我不知道在归期将临时,是不是每个人都会有同样的感觉:突然觉得活得太长了,看得、听得太多了。不知道新石器时代的人是否会有这样的想法。事实上,每当想起我度过的将近一个世纪,我觉得时间仿佛加快了速度。而根据季节的不同,或者白天比黑夜长,或者黑夜比白天长。不管是在新石器时代还是今天都是如此,日出日落,从天文学角度来说,几乎没有什么区别。

然而我却有一种感觉,仿佛现在一切速度都加快了。时光使许多事情发生,越来越多的事情围绕着我们。每一天结束时我们都比从前更累;当生命终止时,我们精疲力竭。我辗转反侧,夜不能寐;我看着它在一些国家传播,把世界一分为二,这是白,那是黑——黑白双方不停地争斗着,因为这种争斗,我们每个人都提心吊胆:核武器已经使用过一次,在任何时候,核战争有可能再次爆发!然后突然间,在

心指引的地方

一个与平常没有什么两样的日子里,我打开电视发现一切都不复存在。人们推倒了墙、铁丝网和塑像:不到一个月,20世纪的乌托邦变成了恐龙,变成了木乃伊,一动不动,再不能发威,被放置在一个陈列室里,所有的人都从它面前经过,说:"多么大,多么可怕!"

我提到了这些,而我可以举出任何一个例子,许多事都在我眼前掠过,什么也没有留下,现在你懂得我为什么说时光加速了吗?在新石器时代,在一个人的一生中又能发生些什么呢?雨季、雪季、阳光普照的季节和蝗虫的入侵,同讨厌的邻人某次流血的争斗,或者会飞来一颗小小的流星,留下一个冒烟的坑。除了自家的地和河流,世界仿佛不再存在,他们忽视了世界的其他部分,时光也仿佛流逝得很慢。

"愿你能生活在一个有意义的时代里,"就像亚洲人相互间祝福一样,这是句好意的祝福吗?我不认为,与其说是祝福,不如说是诅咒。有意义的年代总是更为动荡不安,将会发生很多事情,我生活过的年代就是如此,而你将生活的年代更有意义,即使从传统的天文学的角度而言,千年的更替本身就会带来极大的混乱。

心指引的地方

2000年的1月1日,树上的鸟儿们会在与1999年12月31日的同一时刻醒来,会以同样的方式歌唱,唱完之后,与前一天一样去觅食,然而对人类来说,一切都将不同。或许——如果预言中的末日没有降临,人们会以良好的愿望致力于建设一个更好的世界。会这样吗?也许会,也许不会。直到现在我所得到的一些信息都是不同的,而且自相矛盾。有时候我会觉得人类只是一群受其本性操纵的大猩猩,令人遗憾的是它们却掌握着先进而危险的机器;然而第二天,我又觉得最糟糕的一切都已经过去,人们精神世界中美好的东西已经开始占上风。哪种假设是真的呢?谁知道?也许两者都不是,也许真像预言中讲的那样,在2000年的第一个夜晚,为了惩罚人类的暴行以及他们浪费资源的不明智的行为,空中会下起一场可怕的火石雨。

到2000年时,你才二十四岁,你会看到这一切,然而我却已经走了,将把所有这些未经满足的好奇带到墓穴中。你已经准备好并有能力面对新的时代吗?如果这时候,天上飞来一位仙女,允许我说出三个愿望,你知道我会说什么吗?我请求她把我变成一只睡鼠,一只山雀,一只蜘蛛,反正是一样看不见却能生活在你周围的东西。我不知道你的未来会怎样，我也想象不到，但因为我是如此爱你，所以不能知道这一切会使我难过。有几次我们谈起你的时候，你充满了悲观情绪：青春期所特有的偏激使你确信当时已跟随着你的不幸将跟随你的一生。我却觉得恰恰相反，为什么你从来不问我是从哪里得到这些荒唐的念头呢？是布克，亲爱的，只要看看布克就知道了。因为当你在养狗场选中布克时你以为你只是从所有的狗中随便挑选了一只，然而事实上在那三天里，在你的内心经历了一场更为激烈的战役，它同时具有决定性的意义：在表面的声音和心灵的声音之间，毫无疑问，毫不犹豫，你选择了心灵的声音。

在你那个年纪，我极有可能会选择一只蓬松柔软美丽高贵的狗，一只带着去散步会招来艳羡的目光的狗，我的缺乏自我，我成长的环境已经逼着我接受了一切虚伪的东西。

心指引的地方

12月21日

昨天在阁楼上搜寻了很长时间之后，我只把圣诞节用的道具和那幸存于大火的蛋糕模子带下了楼，你会说，圣诞节快到了，的确该把圣诞节道具拿下来，但蛋糕模子又是为了什么呢！这个模子属于我的祖母也就是你的高祖母，是唯一留存下来的我们这个家族中的女性家族史的见证。在阁楼里存放了那么久已经生锈了，我马上把它拿到厨房的水槽里，我试着用我好使的右手拿海绵把它洗干净。它曾多少次出入炉膛，又曾见过多少个不同的越来越现代的炉子，多少双相似却又不同的手曾把和好的面填入它的体内，我把它带下阁楼是为了使它能被重新启用，但愿当你老去的时候，你会将它留给你的女儿们，因为在这件微不足道的东西里包含着我们几代人的回忆。

心指引的地方

我在箱子底下看到它,就回想起我们最后一次和睦相处的日子。什么时候?一年以前,或许是一年多以前。在一个午后,你没有敲门就进了我的房间,我躺在床上,双手合在胸前休息,看着我,你突然控制不住,失声痛哭起来,你的哭泣声惊醒了我。"你怎么了?"我坐起来问你,"出了什么事?""你不久就会死的。"你一边回答,一边哭得越来越厉害。"噢,上帝,但愿不会马上。"我笑着对你说,然后补充道,"你看这样好不好?我教你一样我会而你不会做的事,这样等到我不在的时候,每当你做这件事就会想到我。"我起了床,而你一下子搂住了我的脖子。"那么,"为了缓和一下我胸中也悄然而起的激动情绪,我说,"你要我教你什么呢?"你擦干泪水,想了一会儿,然后说:"一个蛋糕。"就这样我们一起来到厨房,开始了一场长时间的战役。起先你不肯穿围裙,你说:"如果我穿了它,我就得戴上卷发器和穿上旧拖鞋,多可怕!"然后是对着要打的蛋清,你一下开始喋喋不休地诅咒,你为了黄油不能和蛋清和匀而生气,为了炉子热得不够快而恼怒。在和面时添加巧克力,我的鼻子染上了咖啡色。你望着我,大笑起来。"到了你这把年纪还这样。"你说，"你不觉得害羞吗？你长着咖啡色的鼻子就像一只小狗。"

为了做这道简单的甜食，我们花了整整一下午的时间，整个厨房一片狼藉。突然之间在我们的心中产生了一种柔情，一种共同奋斗的快乐，直到蛋糕最后被放进炉膛，隔着玻璃你看着它一点一点地变黑，突然间你又想起我们做它的缘由，你又开始痛哭。在炉前我试着宽慰你："不要哭。"我说，"的确我会比你先走，但当我不在之后，我却还活在你的记忆中，和那些美好的回忆在一起，看着树、菜园和花园你就会想起我们在一起度过的快乐的每一刻；当你坐在我的沙发上时，也会这样；如果你做我今天教你做的蛋糕你就会看到我带着一只咖啡色的鼻子站在你面前。"

心指引的地方

12月22日

今天,吃完早饭,我来到客厅里开始准备圣诞节用的耶稣诞生的布景,和以往一样,我把它们布置在壁炉边。我先铺好了绿色的纸,然后撒上干麝香,放好棕榈树、草棚,里面是圣约瑟[①]和圣母、牛和驴,周围是牧羊人、牧鹅女、吹奏者、猪、渔夫、公鸡和母鸡、绵羊和山羊。在背景上我用蓝绸贴出了蓝天;我把彗星放在晨衣的右袋里,左袋里装着朝拜圣婴的三王[②];然后我走到房间的另一侧,把彗星挂在碗橱上;下面,不远处排着三王和骆驼。

---

① 均为《圣经》故事人物,据《新约·马太福音》中记载,圣约瑟是耶稣的养父,圣母马利亚的丈夫;三王即东方三王或东方三博士,耶稣诞生时他们送来礼物。
② 同上。

心指引的地方

你还记得吗？你小的时候，出于孩子特有的愤怒和原则性，总是不能容忍彗星和三王一开始就待在草棚边，他们应该待在远处，慢慢地前进，彗星快一点而三王紧随其后。同样你也不能容忍圣婴一开始就出现在牲口棚里，所以我们总是在午夜12点时让他从天空中飞下来，当我在绿纸上放羊羔时，我回想起你喜欢做的另一件事，一种你发明出来的从不厌倦、重复玩耍的游戏。我想起初你一定是从复活节得来的灵感。因为在复活节我有在花园里藏彩蛋的习惯。而到了圣诞节你就藏起了小羊羔，趁我不注意时，你就从羊群里拿走一个，放在最意想不到的地方，然后来到我身边，开始模仿小羊羔凄厉的叫声，于是搜寻就开始了。我放下手里正在做的事，跟在你后面，而你笑着，叫着，在家里转悠着说："迷途的小羊羔，你在哪儿？让我找到你，把你救到上帝的怀抱。"

而现在，我的小羊羔，你在哪儿？当我写这些文字的时候，你在那儿，在仙人球和丛林狼中间；而当你读这些文字的时候，你在这儿，我的东西却已经被搬上了阁楼。我的这些话能拯救你吗？我没有这样的自信，也许它们只能把你激怒，我的这些话使你确信你走以前对我的坏印象都是我罪有应得？也许只有当你长大一些你才会懂得，只有在你走完了那段神秘的从冷酷到同情的路之后才能懂得我。

注意是同情，而不是恨与折磨，如果你感到的是恨与折磨，那我将像那些恶毒的精灵一般来到凡间，给你制造一大串恶作剧。我将做同样的事，如果你是自卑而不是谦虚，沉湎于空谈而不是沉默，那时候，落地灯会突然爆炸，盘子会从搁板上飞落，裤子会飞上吊灯，从黎明到深夜，我都不会让你有片刻安宁。

然而事实上这不是真的，我什么也不会做。如果那时我还在某个看得见你的地方，我只会感到伤心，就像每一次看到一个生命被浪费，一段爱的旅程没有得到圆满的结局的时候一样。保重自己。每一次，在成长的旅途中，当你想要重新做人的时候，请记住改变首先得从你的内心开始，这是第一步，也是最重要的。为一个理想而奋斗，而自己却没有理想，这是一个人可能做的最危险的事。

每一次，当你感到犹豫、迷途的时候，想想树，想想它们的生活方式。要知道如果一棵树的树冠很大，根系却很

心指引的地方

小,只要一阵风就能把它连根拔起;而如果一棵树根系粗壮,树冠却很小,树液也不能通畅地流淌。根系和树冠必须相称才行,你必须身处事中,心却能统观全局,只有这样你才能给别人树荫和保护,只有这样到了一定的季节你才能花果满枝。

当你的面前出现了几条路,而你不知道选择哪一条时,不要随便闯入其中,而是应该坐下来等待。就像你第一天来到这个世界上一样充满自信地深呼吸一口,集中精力地等待,等待。静静地在无声中倾听你心灵的声音。当它开始对你说话时,你就站起来,到它指引你的地方去。

心指引的地方

译后记

1. 关于"盔甲"

"人的幼年时代与风烛残年何其相似,在这两种情况下,出于不同的原因,人都是如此的脆弱,不堪一击。前者是还没有闯入生活,后者是已经退出了生活。不论哪种理由都允许他们毫不掩饰地、公开地表露他们敏感的变化多端的情绪。只有到了青春期,我们才开始在身体四周形成看不见的重重盔甲,并随着你逐渐成年而逐渐增厚。这种增厚的过程,与珍珠形成的过程相仿,即所受的伤越深越大,盔甲就越厚。然后随着时光的流逝,就像一件衣服穿久了,在摩擦最频繁的地方开始有了磨损,连里面的纤维也看得见了。曾几何时,因为某个突然的粗暴动作,破损的地方就完全裂开

心指引的地方

了。最初你并没有察觉,你还以为你的盔甲依然完好无损地包裹着你,直到有一天,面对着一件毫无意义的事,不知为什么你发现自己孩子般地失声痛哭起来。"

——摘自《心指引的地方》

作为一名意大利语专业的教师,每一年给学生上课,在讲解到意大利语中"disincrostazione"这个单词的时候,都会想起很多年前翻译苏珊娜·塔玛罗的《心指引的地方》时遇见的这段话。

记得她说过的还有一段话是这样的:"没有流出的眼泪淤积在心头,日子久了变成心上的硬壳,随着岁月的流逝便像洗衣机齿轮上的水垢一样发脆、脱落。"

而在意大利语中,"disincrostazione"这个单词的词根"crosta",指的就是这层硬壳——机齿轮上,或者用旧的热水瓶里,那一层脆脆的,但是仿佛又很坚硬的东西。

但是,"disincrostazione"这个单词它最终的含义是"消融、复苏与新生",也就是说:只要能打破这层坚硬的壳(盔甲),让心灵愈合,人或者事物就可以恢复青春。

心指引的地方

每次读《心指引的地方》，我都会想起我的外婆。

和书里的那个小女孩一样，我从小也是被外婆带大的。不过不幸的是，在我们的关系里，并没有多少爱的成分。除了照顾我，她每天还要给我的两个表弟表妹做午饭，日子过得单调而忙碌。她不爱笑，每天都在忙着各种家务，眼睛里永远带着一种客观冷漠、忍辱负重的东西。

我觉得，她是我所见过的盔甲最厚的人。因为从小学到初中，我和她一起生活了近十年的时光，从未听她有过任何的抱怨。

直到外公去世，妈妈说她突然就经常性地开始大哭，无缘由地，像个孩子一样。

外公去世后，大家就商量着让我大姨一家搬过去照顾她。从此，她就再也没有主动帮着做过任何一件家务。作为一个家庭妇女，做了一辈子的家务，她一定早就厌倦了。此时到了暮年，她宁愿有空就去院子里晒晒太阳，或者坐在厢房里看电视。

她的壳并没有完全被打碎，她还是很少说话，更不会参

心指引的地方

与争执或者评价周遭,只是小心翼翼地、乖巧而隐忍地过着她的晚年生活。

无言的盔甲。

其实关乎"盔甲"的,不过是关于"成长与伤害"的故事。

每个人的成长过程中都会有伤害。长出"盔甲",是因为我们不仅对曾经所受过的伤害讳莫如深,而且对未来可能受到的伤害抱着防守甚至高度禁戒的状态。久而久之,我们都长出了"壳"。那层"壳"就像是战士的盔甲或者进攻者的盾牌,避免了敌人看到或者触碰到我们的软肋,保护着我们在战场上冲锋陷阵,但同时也驱逐了人与人之间、代与代之间的理解、信任与爱。人际关系变成了一种藩篱,每个人都变成了一座孤岛,我们紧张地按捺着、压抑着各自驿动的心灵。

其实,我们最大的敌人还有一个,那就是我们自己。"盔甲"不仅实现了我们与他人的距离,也让我们避免看见或者想起那个我们不爱的自己。

青春是如此美妙:年轻时,我们虽然受伤但也同时获得疗愈。爱情或者友情是如此之重要，爱人或者友人充当着我们生活中最珍贵的疗愈师。即便白天精神紧绷得像个刺猬，在温柔的夜里，我们仍然可以在最亲近的人面前露出柔软的肚皮。

直到有一天，衰老来临，曾经的盔甲脆弱得分崩离析，我们才会无助得像个孩子。

2.关于"灵性"

当然，除了爱情和友情，文学、诗歌、哲学、宗教也是让心灵成长的捷径。有些人甚至会在一些特殊的困难时期，用寻求心理咨询等方式的帮助，褪下长期养成的社会面具，让个体心灵得以复苏。

从2012年起，我开始系统地学习心理占星课程，并逐渐开始从事各种个案的探究。慢慢知道了有关于这个"壳"的真相。比如说：有些年景出生的人，他们的壳更坚硬，在生活中抗压能力更强；而有些年景出生的人，他们的壳比较容易破碎，情绪波动大，同时容易背负原生家庭沉重的业力。

心指引的地方

但是，无论是对于在人际关系中八面玲珑、游刃有余的人，还是紧张、被动，容易遭受挫折的社交恐惧症患者，心理上的"disincrostazione"（除垢、复苏），都是非常有益的。

当冰雪开始融化，信任变成了天然的土壤，爱与希望才能生根发芽。

很多人在阅读《心指引的地方》的时候，就会自然体验到这样的疗愈过程。

她，是一个灵性作家，用独特的女性视角，抚慰了我们脆弱的心灵。

三个女人，三代人，三个震撼人心的故事。一封感人至深的爱的长信，阐释了无数看不见的伤痕。外祖母没有激情的婚姻，她与温泉保健医生的邂逅、相恋的故事；母亲秘密的身世，以及她耐人寻味的惨死；外孙女无限迷惘的根源以及三代人之间尖锐的冲突，让整个小说情节扑朔迷离。

但是让意大利女作家苏珊娜·塔玛罗深入人心、蜚声海外的并不仅仅是揭示人性的故事，而是充满整本书的灵性表达。

心指引的地方

"望着它（小狗布克），我总是默默地感动。仿佛站在我身边的是你的一部分，而且是最珍爱的一部分。正是这部分，多年以前，在两百多只被收容的小狗中，懂得选择最丑陋和最不幸的那一只。"

"一天早晨，我正在给玫瑰浇水，突然跌倒在地，晕了过去。要不是拉兹曼太太从院子隔离矮墙那边看见我，我几乎可以肯定现在的你已是孤儿了。孤儿？失去一位外祖母，人们会如此形容你吗？我不知道，或许祖父母的死被看得如此自然，以至于失去他们的人想要找一个诸如'孤女''寡妇''鳏夫'之类的专有词汇也不行。在自然的轮回中，他们被抛弃了，就仿佛在路上走着走着，我们无意之间丢弃了我们的伞。"

这样的灵性表达在《心指引的地方》这本书中比比皆是。

我记得，有人说过这样的一句话："父母是隔在我们和死亡之间的最后一道帘子。"我们和我们的父辈、祖辈之间的关系如此之微妙，以至于千言万语都无法讲清楚岁月中发生的故事。即便已过了不惑之年,每每读到这样的文字,依然忍不住会湿了眼眶。

3. 关于苏珊娜·塔玛罗和她的作品

《心指引的地方》是作家苏珊娜·塔玛罗最优秀的作品。

意大利女作家苏珊娜·塔玛罗（Susanna Tamaro），1957年12月12日出生于的里雅斯特（Trieste），与意大利著名作家伊塔洛·斯韦沃（Italo Svevo）有姻亲关系（斯韦沃为塔玛罗母亲的姑丈）。

和《心指引的地方》里的小女孩一样,作者本身在父母离异后,也是由外祖母抚养长大的。青年时代的塔玛罗曾经在某师范专科学校就读,毕业后,1976年至罗马电影实验学校学习电影导演,并曾经拍摄过几部电视纪录片。

她的第一部文学作品《飞过星空的声音》（La testa tra le nuvole），原文意为飘浮在云端的幻想）于1989年出版,荣获艾尔莎·莫兰黛文学奖。

1991年出版第二部作品《唯有声音》（Per voce sola），

这本短篇作品集获得许多重要评论家的赞誉，使塔玛罗更确定文学写作的志向。

苏珊娜·塔玛罗的成名作《心指引的地方》于1994年发表，立刻引起轰动，在意大利创下售出250万册的佳绩，一跃成为当年位居榜首的畅销书之一。后续被翻译成30多种海外文字，1995年还被搬上荧幕。

意大利文学评论界认为这是战后意大利文学界、出版界最轰动的一页。而美国的评论家则说：这是意大利版的《廊桥遗梦》。苏珊娜·塔玛罗也因此成为当时意大利最受关注的作家之一。

然而，继《心指引的地方》之后，1997年出版的《心灵的世界》（Anima Mundi）一面世，立即遭到评论界的一致攻击。苏珊娜·塔玛罗也因此被认为"江郎才尽""大势已去"。她在精神上受到重创，接下来的两年时间，一直都在低谷徘徊，创作情绪非常低落。

每一个人的一生都可以写一本书，但是要写第二本、第三本，仿佛就是作家们的专利了。而事实上，即便是知名的作家，一生中可以创作出来的感人肺腑的长篇，往往也只有一本。在《心指引的地方》之后,我也曾经阅读过苏珊娜·塔玛罗的其他一些作品,总觉得她的灵性表达依旧,但是故事却没么丰满了。

《心指引的地方》这本书影响了我大学生活中一段可观的历程,曾经觉得作为一部女性小说,它的读者群应该是年轻的、受过高等教育的、处在纯真和成熟边缘的女性。然而近二十年过去了,当我重新捧起它的时候,却依然被深深感动。

也许是因为现实中人与人之间的交流太难,隔阂太深了,每个人才倾向于在书声影音中寻找共鸣。

如果无法面对面地表达爱,或许我们可以写一封爱的长信,让它穿越时空,冲破一切,带我们到达理解的彼岸。

书中外祖母给她离家出走的外孙女写信的时候,已经明白自己来日无多,有些事情如果不再做出解释,便会被自己带入坟墓。为了弥补两代人之间由于误会而产生的种种裂痕,她毅然跨出了艰难的一步,在她生命就要终结的前期,用纸和笔向她的孩子,敞开了心扉。

我们都认同代沟的存在,但是我们常常忽视了一个事实,那就是我们至亲的长辈他们也曾经年轻过。

"如果我早一点认识到爱的本质是勇气,或许很多事的事情的结局都可以改变。"写信的老人如是说。

于是在她日记体的长信中,她开始回忆她的一生。她希望用这种方式来解决她们之间的信任危机。从她的生活在虚伪和冷漠中的童年到一段没有激情的婚姻,从她与温泉保健医生的邂逅相恋到她与病态的女儿之间的尖锐冲突,她对自己的过去做出了最残酷也最真实的解剖。

苏珊娜·塔玛罗并没有把《心指引的地方》认同为她的自传,我们当然也不能说她写的都是她自己的故事,但是每一位作家的书中都会有他生活的影子。记得有一位诗人曾经说过:"我愿意分享我所经历的,我愿意把它们写出来……"作家和诗人们之所以伟大,是因为他们愿意冲破世俗的禁区,愿意彰显人性,用他们无私的同理心,告诉世人人性普遍存在于人心。

他们写这些既不是为了制造丑闻,哗众取宠,也不是想用忏悔来减轻良心的谴责,而只是为了用"真实"来命名曾经有过的那些灼热的情感,告诉更年轻的一代人,其实很多

心指引的地方

发生过的事都不曾被遗忘，只是有些变成了生命的碎片，有些被岁月埋藏得太深；世界上没有比隔阂更可怕的事，只有爱和坦诚能融化一切。而每个人，都应该去听一听个人盔甲之后、混沌之中心灵最纯粹的声音。

文学往往都充满了人性的力量，我们在观看每一部优秀的作品时，都会和自己的灵魂不期而遇。在人生的旅途上，我们都会展现这样或者那样的脆弱或者无能，在甜美而痛苦的诱惑面前，也都会举棋不定；不堪回首的往事、曾经犯下的过错都会让我们自暴自弃。然而作家们的同理心能让读者感受到被爱，我们在他们的理解面前，如释重负。

而这正是阅读的意义。

苏珊娜·塔玛罗是个多产的作家，1997年，她将原本在《基督教家庭》周刊发表的专栏集结成书，出版了《亲爱的玛蒂达》（Cara Mathilda. Lettere a un'amica，1997）。之后还有《托比亚与天使》（Tobia e l'angelo，1998），《纸草恐惧症》（Papirofobia，2000），《风火同生》（Più fuoco più vento，2002），《外出》（Fuori，2003），《每个字都是种子》（Ogni parola è un seme，2005）等书籍问世。

2000年10月塔玛罗在苏黎世创立了塔玛罗慈善基金会。2003年塔玛罗创作并执导电影《在我的爱中》（Nel mio amore）。

感谢她天使一般的存在，把水晶般澄澈的声音导入我们低次元的存在。

感谢《心指引的地方》的重版，让中国的读者在时隔近二十年之后，再次聆听意大利女作家苏珊娜·塔玛罗充满灵性的声音。

储 蕾

2020年4月25日于上海